이듬해 봄

이듬해 봄

신이인의 3월

ㄴㄴ > < ㄷㄴ

차례

작

가

의

말

언니 오빠들이 내 등짝을 때리게 하는
좋은 방법

서른 번의 3월에 크고 작은 이벤트가 있었던 건 사실이다. 그때가 되면 가지고 있는 옷과 이름과 연락처가 잘 늘어났다. 그것들은 하나같이 새것이어서 보고 있으면 설레거나 불안해졌다. 여전히 발은 시렸고 사람들은 감기에 걸렸다. 사랑은 시작되기도 쉬웠고 끝나기도 참 쉬웠다. 가까운 누군가는 3월에 삶이 시작되었다 했고 누군가는 3월에 삶의 문을 닫아버렸다. 꽃이 피기도 안 피기도 하는 때였다.

어떤 3월에 나는 알 수 없는 열기로 가득한 교실을 빠져나와 걷기 시작했다. 영업이 끝난 유흥가의 희뿌연 아침 속으로, 쓰레기봉투와 전단지들 사이를 지나쳐 갈 수 있는 데까지 가버리는 건 작은 모험이었다. 그 시기만 되면 외출복을 벗고 잠 속으로 떠나듯 나는 나를 떠나고 싶어했다. 아직

눈에 익기 전인 바글바글하고 어수선한 장면에서 슥 사라지는 것, 도망치는 것이 좋았고 안심이 되었다.

연애가 망했다는 사실을 떠나고 싶을 땐 대학 생활의 무성한 명랑함에 몸을 담갔다. 그러면 정말로 좀 생각 없는 애가 된 기분이어서 마음이 편했다. 사람을 믿을 수 없어 괴로운 날엔 길거리에서 차푯값 빌리는 아저씨에게 너 잘 만났다는 듯이 가진 현금을 털어 주었다. 물론 돌려받지 못했지만. 이런 류의 이야기를 떠들고 다니며 언니 오빠들이 내 등짝을 때리게 하는 것도 좋은 방법이었다. 그들은 어리숙하고 불안한 사람들이었고 나를 곁에 두면 확신에 찰 수 있었으므로 어딜 가나 준비물처럼 날 챙겼다. 덕분에 외롭지 않았다.

어느 봄밤에는 집에 들어가는 대신 아파트 벤치에 앉아 맥주 캔을 따고 튀김을 집어먹었다. 휴지가 없어 목련을 주워다가 손을 닦았는데, 희고 보들보들하고 멍들고 썩은 것 같은 그 잎이 마음에 들어 조금 웃었던 기억이 난다.

이럴 때의 내게는 대단한 비극이 없었다. 별일 없다고 밝
힐수록 더 별일 있는 사람 취급을 받는 것이 이상할 뿐이었
다. 나는 나를 편안하게 만들어주는 행위에 왜 치기, 반항 심
리, 청춘, 우울이라는 이름이 붙어야 하는지 알 수 없었다.

사람마다 다 사연이 있어. 말은 안 해도, 사람한테는 다
각자 사연이 있는 법이거든.

옆에서 담배를 피우던 직장 동료가 이해한다는 듯 말하
는 동안 가만 생각했다. 내 사연은 책 한 권으로 말한들 싱
거울 텐데, 설마 지금 나 사연이 붙어야만 하는 기행을 보이
고 있는 것인가. 하지만 이것이 나의 사소하고 평이한 일상
이라면……

문학소녀라든가 자유로운 영혼 같은, 어느 정도 비웃음
을 머금은 별칭을 수긍했던 이유는 그것들이 내 행동에 정
당성을 입혀주는 것처럼 보여서였다. 나는 무엇도 제대로
안다고 말할 수 없는 애송이였지만 단지 내가 정당한 인간
이기를 바랐다. 지금도 그렇다.

새 학기를 시작하는 이들의 가방에 이 책을 넣어주고 싶다. 이유 없는 경박스러움, 이유 없는 진지함, 이유 없이 어긋났기 때문에 가능한 내 낙천을 선물하고 싶다.

3
월
1
일

시

신춘문예라는 이름, 항상 이상했습니다. 누가 봐도 겨울의 징중앙인 때에 뻔뻔하게 봄 타령을 하다니…… 저는 일곱 해 동안 낙방했는데요. 롱패딩 입고 당선작 들여다보고 있으면 그럭저럭 진짜 봄이 오게 되어 있었습니다. 그러거나 말거나 저는 이듬해만 기다렸지요. 시인이 되고 싶다고 하면 농담하는 줄 아는 사람들 틈바구니에서.

이듬해 봄

줄곧 뒤에 있다가

시 앞에 떠밀리게 되자 나는 기다렸다는 듯이 서툰 사람
에 대하여 소명하기 시작했다

무례한 사람은 서툰 사람, 일머리가 없는 사람 또한 서툰
사람…… 나는 시인이 아니고, 서툰 사람의 용례를 몇 가지
들 뿐인 사람

말주변이 없어 친구가 잘 안 생기는 사람, 딴 생각하다가
막차를 눈뜨고 보내는 사람, 화장법을 알려줄 언니가 없는
사람, 한때 새긴 못생긴 타투가 있는 사람
회사를 다니자마자 그만두는 사람, 아무도 먹어주지 않

는 요리를 하는 사람, 비밀이 많아 뚝딱거리며 질문을 헤치는 사람

실수하는 사람, 실수가 실수인지 몰라 반성할 수 없는 사람, 누구도 실수를 실수라고 가르쳐주지 않았던 사람, 뭔지 모를 일에 대해 어렴풋이 후회하고 마는 사람

청소를 못하는 사람, 거짓말을 못하는 사람, 식욕과 분을 못 참는 사람, 단 한 명의 타인도 자신을 예뻐하리라 확신할 수 없는 사람

왜 예뻐하지 않아? 서툴다는 이유로, 마음을 주지 않아? 그런데도, 그토록 마음을 말했니? 서툴다는 이유로, 너 나를 싫어하는구나…… 그러면서, 시를 읽니? 시를 쓰니? 어떻게 그럴 수 있니? 당장 꺼져! 이 책을 찢어버려! 너희 집 화장실에서 라이터로 태워버려! 날 달래지 마! 칭찬하지 말고…… 무슨 상관이야 날이면 날마다 욕했으면서 한심한 정신병자라고 엮이면 건드리면 안 되는 위험하고 별로인 사람이라고!

서툰 사람은 길바닥에 앉아 울음을 터트린다 서툰 사람

이란 반드시 그렇게 되어 있는 사람

왜 저래……

라는 말을

달마다 한 번은 꼭 듣게 되어 있는 사람

목련이 피는구나, 개나리가 피는구나, 철쭉이 피는구나

정답처럼 꽃 이름을 받아적는 사람들 사이에서

왜…… 왜…… 왜……를 반복하며 아무것도 보지 못하
는 사람

3
월
2
일

에세이

중학생 땐 피라냐를 키웠다. 신림에 있는 수족관에서 유어를 데려와 장구벌레
먹이고 직접 손질한 미꾸라지 먹이며 삼 년을 애지중지했다. 친구들에게 자랑
했지만 반응은 그다지 좋지 않았다.

동물사랑상

한 학년이 끝나는 날 담임 선생님은 반 아이들 전원에게 상장을 나눠주었다. 상장에는 저마다 명목이 붙어 있었다. 아홉 살의 내가 어떤 이유로 상을 타게 되었는지는 기억나지 않는다. 다만 같이 하교하던 친구의 상장에 '동물사랑상'이라 적혀 있던 것만은 또렷이 기억난다.

친구와 나는 학교 앞 리어카에서 햄스터를 한 마리씩 사서 기르고 있었다. 친구의 햄스터는 온순했고 내 손바닥 위에도 잘 올라왔다. 등을 쓰다듬어도 가만히 있었으며 볼주머니에 넣은 해바라기씨를 손 위에서 곧잘 꺼내어 까먹었다. 흰 바탕에 회색 털이 난 드워프 햄스터였다.

내 햄스터는 갈색과 검정색이 섞인 종이었다. 먹이통을

갈려 손을 넣으면 발이 보이지 않을 정도로 잽싸게 달려와서 날 물었다. 몇 번 피를 보고 운 다음부터는 초록색의 북슬북슬한 털장갑을 꼈다. 장갑을 낀 손에 햄스터를 올리면 햄스터는 물지 않았다. 내 쪽으로 얼굴을 보여주지도 않았다. 늘 엉덩이를 보인 채 돌아앉았다.

그 햄스터는 얼마 살지 못하고 죽었다. 나는 거실 소파에서 몇 시간을 통곡했다. 왜 죽어. 얼마나 좋아했는데. 얼마나 잘해줬는데.

내게 무언가 책임이 있다는 사실과 인정받지 못한다는 기분이 맞물려 날 괴롭게 했다. 할 수 있는 일은 거의 없었다. 나는 할 수 있는 것을 하고자 했다.

열 살이 되고부터는 노력했다. 말할 기회가 생길 때마다 일기장을 펼쳐 내가 얼마나 동물을 사랑하는지 썼다. 과일을 넣은 플라스틱통을 들고 들쥐를 찾으러 개천 근처를 돌아다녔다고, 방아깨비와 베짱이를 잡아놓고 비교해가며 그려봤다고, 뒷동네에 사는 개 다이아가 오늘은 우리집까지 따라와 고구마를 먹고 갔다고 썼다. 미술 시간엔 기린과 코끼리와 사슴을 그렸다. 매일 봤던 햄스터보다 본 적 없는 도감 속 동물들을 그리는 게 재미있었다. 그 무렵엔 네 발로 걷는 커다란 짐승을 좋아했다. 남학생들이 많이 갖고 있던 티라노사우루스 뼈 모형 같은 것도 사서 조립해놓고 한참을 들여다보았다.

글짓기 시간에는 원고지에 동화를 썼다. 아는 동물이란 동물은 다 넣어서 썼다. 내용을 잊어버렸지만 곰과 요술 방망이가 나왔던 것만큼은 기억이 난다. 그건 일부가 축약된 채 교내 신문에 실렸다.

한 학년이 끝나는 날에 담임 선생님은 내게 윤동주상을 줬다. 어째서 윤동주였는지 알 수 없다. 어째서 동물사랑상이 아니었는지 알 수 없는 것과 마찬가지였다. 긴 노력은 사라졌고 원한 적 없던 선물이 생겼다. 모두가 월반을 하고 상장을 타는 기쁜 하루였는데 그 안에서 소원을 이루지 못한 내가 집으로 돌아가고 있었다.

이제 와서 짚이는 게 하나 있기는 하다. 교내 엽서 만들기 대회 같은 것을 했었다. 엽서에 조약돌을 그려넣고 조약돌에 관한 동시를 하나 찾아서 적었던 것 같다. 선생님이 그것을 내 시로 착각했을지도 모르겠다.

나는 동물을 정말 좋아했는데 시인이 됐다.

3
월
3
일

시

벗어나기

주워지는 법을 알고 있는

모양과 무늬

그리고

마음에 드는 것을 주우려는

빛과 손

그리고

딱딱한 소라게가

껍데기 없이도 딱딱한 소라게가

오로지 원할 뿐인 패각을 입고
어둠만을 밟으러 다니는 해안

당신이 모른다면
무엇을 마음에 들어하는지
당신 마음을 알지 못하고
늦게까지 서성인다면

부수어진 술병과 악기 파편
떨어진 어린애 신발이
미세하게 움직이며
헤이
이것이 나의 마음이었다네
내가 고를 수 있는
나의 집이었다네

잠시나마 반짝이는 것을 볼 수도 있었겠으나

당신이 옳고 깨끗하다면

내가 아니기에 내가 좋아할 지경이라면

푸른 플라스틱통과 집게를 가져와

근사한 당신 자신만의 경관에서 헛것으로 흔들렸을 뿐인
쓰레기들을 골라낼 수도 있겠다는 사실이

두렵고 화나고 슬프게
잠겨 있었다

(아무도 주워주지 않을 것을 알고 있으며)

3

월

4

일

에세이

이게 무슨 냄새냐? 물어보자 그앤 겐조라고 대답했다. 그건 롯데마트에서 겐
조라고 이름 붙여 파는 친구백 원짜리 연두색 미니 향수 냄새였다. 흔했지만
이제는 볼 수 없는.

내가 다니게 된 고등학교는 미션스쿨이었다. 일주일에 두 번, 예배와 성경 교과가 시간표에 들어 있고 담장 안에는 예배당이 딸려 있는 여학교였다. 목사님과 전도사님은 복도를 다니며 인사를 받고 급식을 먹고 아이들을 불러 점심 기도회를 열었다. 말 잘 듣고 신실한 학생들로 이루어진 성가 합창단이 학교의 명물로 운영되었다. 각 반마다 반장, 부반장처럼 신앙부장이 있었다. 일요일이면 학교는 교회로 변했다.

L은 새 학기 첫날부터 눈에 띄었다. 칼처럼 자른 단발머리와 쭉 찢어져올라간 눈과 걸걸한 목소리. 얼굴에 화장기가 없고 교복이 단정했는데도 지나가는 자리마다 위화감을 만들었다. 2010년이 아니라 1997년쯤의 학교에 있을 것 같

은 무서운 언니 이미지였다.

그애가 웃으면 오싹함이 느껴졌다. 쟤가 지역구 1등이라고 누군가 말해주었지만 알 수가 없었다. 1등이라면 뭐가 1등인 건지. 공부를 하게 생기지는 않았는데, 설마 싸움을 해서 등수를 매겼다는 건가? 아무래도 그 얘기 같았지만 자세히 묻지 않았다. 그밖에도 L에 대한 이야기들은 심심치 않게 들려왔다. 아버지가 조폭이래. 룸살롱을 한대.

나는 L과 거의 이야기를 나누지 않았다. 딱 한 번, 수학여행 버스 안에서 윽박지름을 당한 적은 있다. 폴라로이드 카메라를 가져온 내게 H가 다소 장난스런 명령조로 자기네 무리의 사진을 찍어달라고 말했기 때문이었다. H는 L의 무리에서 마지노선을 담당하고 있는 애처럼 보였다. 좋게 말하면 가장 말 붙이기 쉬운 애였고 나쁘게 말하면 가장 노는 척하는 애였다. 나는 그때나 지금이나 싸가지 없는 찐따였으므로 뭐야, 나보고 지네들 사진을 찍으래, 일부러 들으라고 빈정거렸다.

그 말을 들은 L은 뭐 이 씨발년아? 같은 욕을 하며 내가 앉은 구석자리로 걸어왔다. 눈을 내리깐 내 머리 위로 뭐라 뭐라 큰소리를 뱉었다. 그러고는 돌아갔다.

옆에 앉은 친구들이 내 눈치를 봤다. 나는 발밑에 둔 가방을 힘껏 걷어찼다. 정적 속에서 버스가 다음 행선지로 출발했다. 이것이 우리가 한 반에 있는 동안 L이 나를 신경쓴 유일한 순간이라 봐도 되었다.

일 년에 한 번, 신입생들을 대상으로 신앙수련회를 했다. 예배당에서 두 학급씩 돌아가면서 합숙을 하는 행사였다. 목사님과 담임 선생님은 물론이고 학생들의 부모님까지 참관해야 했다. 친구들은 나의 아빠를 보고 당시 학생주임이던 민대와 똑같이 생겼다며 소예배실 천장이 울리도록 웃어댔다.

부모님들이 돌아가며 딸을 소개하는 시간이 있었다. 나는 내심 L의 어머니가 어떤 분일까 궁금했다. "우리 애, 보시다시피 조금 셉니다." 선생님보다 더 선생님처럼 단정하고 나긋하게 말하는 여자. 눈이 크고 선했다. 마흔쯤 되었을까? 긴 웨이브 머리에 원피스를 입은, 화려하면서도 정숙한 인상의 미인이 L을 옆에 세워두고 '우리 애'라 했다.

"사 남매의 첫째예요. 밖에서는 이렇게 천방지축으로 보이지만 집에서는 동생들 밥을 전부 해 먹이는 기특한 딸이에요. 초등학생 땐 전교 회장을 했는데요."

반 아이들 앞에서 자신의 캐릭터가 붕괴되는 동안 L은 비비 꼬이는 몸을 주체하지 못하고 고개를 숙였다. 특유의 오싹한 웃음이 불거져나오는 게 보였다. 그때 처음으로 그 미소가 귀엽다는 생각을 했다.

선생님들은 종종 L을 교탁 앞으로 불러냈다. 대체로 시시콜콜한 이유였다. 한 선생님은 복도를 지나다 L이 휘파람을 부는 것을 들었다고, 너무 잘 불러서 꼭 우리들에게 들려주고 싶다고 했다. L은 학을 떼며 거부했지만 선생님이 더 완강했다. 한 번만, 한 번만 불러주라, 선생님이 다시 듣고 싶어서 그래. 결국 그애는 칠판 쪽으로 뒤돌아서서 휘파람으로 노래 한 곡을 불러야만 했다. 휘파람 소리는 정말 컸고 알앤비 보컬처럼 애절하게 떨렸다.

그곳 선생님들은 그런 식이었다. 아프리카 주술사처럼 아이라인을 관자놀이까지 그리고 다니는 애들을 보면 귀여 워 죽겠다는 양 얼굴을 감싸고 흔들었다. 누구누구야, 얼굴 이 이게 뭐야! 나이 많은 언니가 막냇동생을 놀리는 것처럼 웃었다. 아이들은 아, 하지 마세요! 반항하기도 했으나 대 체로 따라 웃게 되어 있었다. 그러고 나면 다음에는 우리 중 누군가도 그애들에게 다가가 정수리 냄새를 맡으며 장난을 쳤다. 엉덩이를 때리고 도망갔다. 아, 미친년아아! 복도의 끝에서 끝까지 욕설과 비명과 웃음이 꽉 찼다. 젊은 남자 목 사님이 빙글빙글 웃으며 계단을 올라와 누구니, 너구나, 목 소리 듣고 너일 줄 알았어, 부드러운 기세로 아이들을 교실 안에 몰아넣었다.

그애는 일학년을 마치고 자퇴를 했다. 학교 분위기를 견 디지 못하고 자퇴를 결정한 아이들은 몇 명 더 있었다. 우리 반에서는 L 혼자였다. L과 같이 놀던 아이들, H나 J 같은 애들은 학교에 남았고 이것이 자신들의 원래 모습이라는 듯이 유순해졌다. 내가 소개한 영어 공부방에 열심히 다녔으며 성악이나 체육을 배워 원하는 대학교에 갔다. 그 친구들은 페이스북을 시작했다. 자신의 오오티디를 올리고 남자 친구를 올리고 성적표를 올렸다.

나는 L이 궁금했다. 그러나 그애는 처음부터 없던 애처럼 사라져버렸고 어디서도 찾을 수 없는 사람이 되었다. 고등학교 이학년 때였나, 싸이월드를 돌아다니다 어느 곳에선가 그애로 추정되는 사람을 발견한 적이 있긴 했다. 얼굴이 달라졌지만 분위기가 남아 있었다. 같은 고등학교 친구의 보고 싶다는 인사 밑에 그래, 시간 되면 밥 한끼 하자, 라고 답글을 단 것을 읽었다. 밥 한끼 하자……는 그 말이 뭐라고 그렇게 어른스러워 보였는지. 열여덟 살의 난 얼마 동안 밥 한끼 하자, 밥 한끼 하자…… 되뇌어보기도 했다.

3
월
5
일

시

경칩이라고 하네요. 부러운 개구리들.
나도 할 수만 있다면 겨울을 건너뛰고 싶었어.

스프링

너의 두 발에 집중해

바닥을 느껴

그다음

바닥을 밀어내

너와 긴밀하게 붙어 있는 지금 바로

이것을

이 바닥을

온몸으로 거부하면서 나는 튀어올랐다

잠깐이나마

바닥에 속하지 않을 수 있게

열기구처럼

공중에

펼친

나

를

바닥은 다시금 우악스럽게 잡아당긴다

나는 조금 구겨졌다가

생각한다

이것이 나를 퍽 좋아하는구나

그런 생각으로 춤추고 뛰고 쓰러진다면 즐겁지

멍이 들면

자랑이지

지난봄엔 멍이 많이 든 무늬의 개구리를 주웠다

운이 좋았지

이 도시에서 개구리를 만나다니

이래 봬도 독개구리라는 것을 나는 한눈에 안다

마음을 어찌할 수 없기 때문에

알면서도 만진다

손안에서

개구리가 나를 걷어차고

나는 그의 작고 유해한 발바닥을 느낀다

사랑하는 동안

잡고 있었다

눈이 퉁퉁 붓더라도

부딪치고 기를 쓰고 아파하면서

점프

이윽고

광활한

바닥이 나를 부서져라 안을 때

나는 보게 되어 있었다

잔디가 색을 바꾸는구나

연한 갈색

노르스름하고

푸르스름한 색

얼룩덜룩

멍투성이 지구를 잠시 이해하려던 시절이 흘러갔다

3

월

6

일

편지

저는 매년 오늘 케이크를 먹어요!

3월에 태어난 사람에게

생일인 친구에게 어떤 말로 축하해줄 수 있을까요?

아주 어렸을 때 이 주제를 놓고 친구들과 둘러앉아 이야기했던 기억이 납니다. 바른 생활 시간이었을까요. 저는 '생일을 진심으로 축하해'라는 문구를 발표했어요. 그건 제가 아는 유일한 생일 축하 표현이었습니다. 문득 친구들 중 누군가가, 너는 3월에 태어났구나, 말했고 나는 누구 말이야, 누가 3월에 태어났어? 되물었습니다. 바보 멍청아! '너는 3월에 태어났구나'가 생일인 친구한테 해줄 수 있는 말이라고! 한 남자아이가 얄궂게 소리쳤습니다. 나는 이해할 수 없었습니다. 3월에 태어났다는 건 있는 사실 그대로를 읊은 건데 그게 왜 축하의 말이야? 생기다 만 조무래기였어도 용케 그런 것에는 민감했나봐요. 감정이 뚜렷하게 들어가 있는 말과 그렇지 않은 말을 구분할 줄 알았던 거예요. 요즘 식대로 말하자면 F 유형의 아기였으려나요.

MBTI가 유행하면서 비슷비슷한 성향 테스트 같은 것이 참 많이도 나옵니다. 저는 사실 MBTI를 별로 믿지는 않아요. 외향형과 내향형, 사고형과 감정형…… 어느 한쪽으로 확실히 치우친 사람이라면 그곳에 적힌 설명대로 자신을 요약할 수 있겠지만, 중간 지점을 배회하는 저 같은 사람은 그날 기분에 따라 알파벳이 왔다갔다하는 걸 보게 되던데요. 간판 철자를 조금 바꿔 달았다고 내용이 확 바뀌어버리니 어느 쪽 말을 믿어야 할지 모르겠어요. 작년까지 저는 사업가가 천직인 유형이었는데 올해는 갑자기 발명가나 변론가가 잘 맞다고 하더라니까요. 정말이지 취향에 없는 직업들입니다.

여기 오늘 당신의 성향에 맞춰 준비해본 BGM 리스트가 있습니다. 얼만큼 신통할지는 모르겠어요. 그냥 재미로 해보세요. 생일 때마다 와서 같은 노래가 나오는지, 그때그때 다른 노래가 나오는지 시험해보세요.

1. 지금 행복한가? (그렇다: 2번으로 | 아니다: 3번으로)

2. 기분에 따라 노래를 듣는 편인가? (그렇다: 8번으로 | 아니다: 6번으로)

3. 스트레스를 받을 땐 뛰어놀아야 한다. (그렇다: 5번으로 | 아니다: 4번으로)

4. 음악 수집에 취미가 있다. (그렇다: G, H | 아니다: 7번으로)

5. 노래를 들을 때 가사에 집중하는 편인가? (그렇다: 8번으로 | 아니다: C, E)

6. 반주보다 멜로디가 중요하다. (그렇다: 7번으로 | 아니다: 9번으로)

7. 소박하고 조용한 감성을 좋아한다. (그렇다: 10번으로 | 아니다: 5번으로)

8. 아이돌 음악을 좋아한다. (그렇다: A | 아니다: 9번으로)

9. 노랫말은 영어보다 한글로 된 게 좋다. (그렇다: B | 아니다: E, H)

10. 귀여운 콘텐츠를 즐긴다. (그렇다: A, F | 아니다: 11번으로)

11. 옛날 것보다 현대적인 것이 좋다. (그렇다: G | 아니다: D, I)

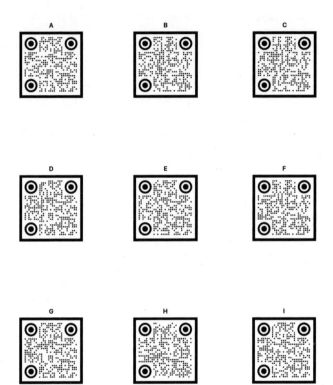

의미 있는 날에 많이 들었던 곡들을 소개해드립니다. 취향이 대단하지 않아서 부끄럽네요. 그래도 이런 종이 몇 장으로는 제가 할 수 있는 게 별로 없으니까요. 선물처럼 보이는 것을 같이 보내고 싶었어요.

저는 지금 아무도 떠올리지 않고 이 편지를 쓰고 있어요. 어려운 일입니다. 진심으로 편지를 쓸 때는 받는 사람의 얼굴이 눈의 뒷면에 비치게 돼요. 영사기가 켜진 것처럼. 편지지를 보는 동시에 그 얼굴을 보는 게 기분 좋은데, 지금은 그러지 못해서 꼭 한쪽 눈을 감고 쓰는 기분이에요. 답답하지만 당신 얼굴을 모르니까 어쩔 수 없죠.

당신은 저를 아세요? 안다면 그것대로 억울한데요. 저는 누군가에게 일방적으로 보여지는 것을 좋아하지 않아요. 가급적 마주보았으면 하죠. 그저 들여다보여질 수밖에 없는 일을 하고 있다는 자각이 생기면 기분이 가라앉아요. 그렇다고 해서 독자들을 마주보기만을 원하느냐 하면, 또 그것도 아니에요. 가끔 사람들과 대면하는 행사를 할 때 저는 굉장히 겁을 먹어요. 저 사람들이 나를 먼저 봤다는 것에 대해서.

　당신은 누군가 민망한 표정으로, 알지도 못하는 당신에게 쓰는 생일 축하 편지를 받을 거라고 기대한 적 있었나요? 있었다면 참 재미있는 사람이겠어요. 저는 재미있는 사람들을 좋아하는데요, 사실은 재미없는 사람들을 더 좋아해요. 웃기는 보람이 있어요. 되풀이되는 평범한 일상에 저를 끼워줘놓고 골때려하는 모습이 재밌어요. 그리고 사실, 저는 평범한 사람이 좋아요.

　평범한 사람의 매력은 비범하다는 거예요. 고유한 얼굴 근육을 가지고 자기만의 이름으로 불리면서도 특정되지 않잖아요. 어디 사는지, 뭘 좋아하는지, 무슨 생각을 하고 있는지 다 다르면서. 평범이라는 요술 망토를 쓰고 투명인간이 되어 사는 사람들 같아요. 저는 가까이 다가가서 그 망토를 벗겨내는 일을 좋아합니다. 이왕이면 숨기고 안 돌려주고 싶어요.

　오늘 당신은 저를 피해 어디엔가 철저히 숨은 상태로 제가 고른 노래를 들으며 생일의 의미를 생각하고 있겠습니다. 지금은 낮인가요, 밤인가요? 여기는 밤이고, 3월 6일이 되려면 며칠이 남은 겨울이에요. 우리 사이에 시차가 엄청나요.

시간이 쫓아오지 못할 만큼 멀리 떠난 적이 있으세요? 지구 반대편으로 가면 하루 정도는 차이가 났던 것 같은데 말이죠. 우리는 지금 아예 다른 별에 있는 수준이에요. 이 시간 차이가 말해주고 있지요. 외계인한테 생일 축하 받아본 적 없죠? 자랑하세요. 이 순간만큼은 우리 서로에게 외계인이에요.

그러고 보니 이건 정말 외계인에게 쓰는 편지 같아요. "외계인을 만나면 뭐라고 말할 거야?" 며칠 전 시인 친구가 물어봤는데 저는 이렇게 답했습니다. "팬이라고."

무심코 한 대답이었지만 그런 생각이 들었어요. 팬이라는 건 멀리 있다는 뜻이다. 멀리 있기 때문에 가능한 종류의 사랑을 한다는 뜻이다…… 생일날 가까이에서 촛불을 붙여주는 종류의 사랑이 있고, 한 발짝 떨어져서 기프티콘을 보내주는 종류의 사랑이 있고, 닿을 수 없는 우주에서 혼자 조각 케이크를 사 먹으며 기뻐하는 종류의 사랑이 있다. 저의 경우는 세번째예요. 팬이 되어 사랑했던 사람들에 대해서는 언제나 세번째였어요. 오늘 당신에 대해서도 그렇고요.

　오늘 저는 케이크를 먹었어요. 응원하는 사람의 생일이었거든요. 느지막이 일어나 샤워를 했고 로즈마리 향이 나는 컨디셔너를 썼어요. 잘 안 가던 커피전문점에서 크림을 얇게 바른 크레이프 케이크 한 조각과 차가운 아메리카노를 주문했습니다. 혹시 당신은 크레이프 케이크를 한 장씩 벗겨서 먹는 쪽인가요? 저는 다른 케이크처럼 포크로 잘라 먹어요. 그렇게 해야 이, 케이크 시트처럼 누워 있는 크레이프들을 인정하고 존중해주는 듯한 기분이 들어요. 그래, 바라는 대로 먹어주마, 싶은. 가져간 브루노 슐츠 단편집을 펼쳐서 조금 읽기도 했지만 휴대폰을 더 많이 봤죠. 그러고는 바로 집으로 돌아와 노트북을 열었습니다. 지금처럼 밤이 되었고요. 별것 없지요? 그래도 이것은 몇 년간 거르지 않고 있는 소중한 의식입니다. 일 년 중 하루, 이날이 되면 아무리 바빠도 케이크 먹기. 팬으로서 실천할 수 있는 작은 사랑.

당신은 뭘 했어요? 혹은 무엇을 할 예정인가요? 물어보아도 들을 수 없겠지요. 예측할 수도 없고요. 그래도 머릿속으로 대답해주세요. 잠시 쓰는 것을 멈추고 들어볼게요.

오늘 저는 별일 없이 행복했어요. 기념일이라는 이유만으로도 그럴 수 있다는 게 신기합니다. 이렇게 해가 바뀌어가면서 기념하고 싶은 날도 점점 더 늘겠지요. 태어나는 이들, 죽는 이들, 사랑하게 된 이들이 전부 늘어나겠지요. 어떤 기념일은 몇 번을 반복한들 무뎌지지 않고 오히려 소중해질 것 같아요. 가면 갈수록. 그건 오래 기억한다는 증거니까, 오래 사랑한다거나 오래 살아 있다는 말과도 다르지 않게 느껴져요.

언제부턴가 제 생일보다 남의 생일을 더 기대하고 있어요. 그건 저의 삶에 굴러들어온 기념일이잖아요? 원래는 없었는데 저의 마음이 부르고 붙잡아서 있게 된 기념일이라니 얼마나 특별해요. 잘 대해주어야죠.

시차가 좀 있지만, 지구의 오늘은 당신의 생일이지요! 축하해요. 그리고 태어나주어서 고마워요. 당신 덕분에 덜 쓸쓸한 지구인들을 한 명씩 떠올려보아요. 그중 하나로는 3월 6일의 내가 있습니다. 킥킥거리면서 책을 찍어 SNS에 올리고 당신이 발견하길 기다리고 있어요. 오늘 많은 이들이 당신을 좋아하네요. 축하 메시지를 보내볼까, 고민하고 있어요. 난 볼 수 있어요. 과거에서 온 초능력 외계인이니까.

특별한 사람! 특별해지는 것을 별로 좋아하지 않을 수도 있지만, 오늘은 당신이 특별할 수밖에 없어요. 이 페이지의 주인공인걸요. 수신인이 되어주어서 고마워요. 덕분에 좋아하는 음악을 잔뜩 들으며 심심하지 않게 밤을 지새웠어요. 당신이라면 무엇을 마음에 들어할까, 주위 사람들에게 물어가면서.

행복하세요. 그리고 미래에서 만나면 반갑게 인사해주세요. 편지 잘 받았다고.

2024년의 어느 날

팬으로부터

추신. 3월 6일은 제 가족의 생일이기도 해요. 만일 당신이 정말로 오늘 태어난 사람이라면, 앞으로 남은 당신의 모든 생일날 어디선가 신이인이라는 사람이 축하 노래를 부르고 박수를 치고 웃으리라는 것을 알아주세요. 과거에도 쭉 그래 왔어요.

3
월
7
일

시

이렇게 태어난 걸 어떡하니

멍청이

미로가 있고

모두 다 아는 규칙 앞에서 나는 뜬금없어졌어 가령

젖은 상처는 드라이어의 찬바람으로 말리는 것이라든가

때때로 인사가 되고 욕이 되는 손가락 모양

결혼식장에서 재수없는 하객이 되지 않는 법이라든가

언제 어디선가 모두가

손을 잡고 정한 규칙을

알려주지 않아도 다 알고 있는 신비함 속에

나는 일단 걸었지

혼나면서 알아보는 것이 내 길이었다

막다른 길에서 쥐어터진다고 이해할 수 있는 것은

기억할 수 있는 것은

아프다는 감각 정도였는데

도대체 이게 뭐야

엄마는 멍 크림이라는 것을 발라주며 추궁했다

기억나지 않는다고 하면

무언가를 숨기는 흠 많은 사람이 되어서

익숙한

뉘앙스의 눈초리를 견뎌야 했고

너 아직도 술 먹고 넘어지지

너 어디선가 무릎 꿇었지

보잘것없는 남의 몸뚱아리 앞에서 물건처럼 자신을 내던

진 게 너도 부끄럽지

그러니까 말 안 하겠지

나도 알지

아는 척하는 작자들을 피해 우스꽝스러울 정도로 긴 비

옷을 사 입었다

맑은 날에

비옷을 입지 말라는 규칙이 있는 것은 아니었으나

그래도⋯⋯⋯⋯⋯⋯

라는 말줄임표가 질질 나의 뒷덜미를 끌고 가던 날에

옷이 예쁘네요

처음 그 말을 들었을 때는 거짓말이라 생각했고

당신 옷이 예쁜 거 알고 있죠?

두번째부터는 민망하게 웃었어

웃는 얼굴이 예쁘네요

당신이 말했을 땐 다 털어놓고 싶었지

나의 팔다리에는 언제나 멍이 들어 있는데요

왜냐고 물어보는 사람들과

왜냐고 물어보지 않는 사람들

나의 진실은 그들 중 누구도 만족시킬 수 없는, 거무튀튀

한 덩어리였는데요

덩어리를 애써 포장했지만

이게 뭐냐고 물어보면 나도 알 수가 없었어요

알려줄 수 있나요? 저도

다치지 않고 헤맬 수 있나요?

그리고

저는 정말 예쁜가요?

나는 또 맥없이 이상한 말을 할 거야

당신이 귀띔해주는 길목의 난처함과

거기에서 한번 더 누추해지는 나의 덩어리를

예상하면서도

세상에 그것도 예상한 적 없다는 듯이 행동하고 말 거야

3
월
8
일

에세이

장래희망은 배부른 소크라테스

주 5일 풀타임 근무는……

할 수 없다……

이번에도 회사를 그만두면서 생각했다. 아아, 역시 할 수 없다. 이런 이야기는 조심스럽다. 어리고 철딱서니 없고 급하게 돈이 필요하지는 않기 때문에 하는 말이 맞을 테니까. 사실입니다. 좀더 삶을 알게 되면, 내가 성숙해지면, 게으른 투정을 부려 사람들의 눈을 찌푸리게 한 것에 대해 후회하게 될지도 모릅니다.

하지만 지금은 거짓말하지 않겠습니다…… 못 해요. 못합니다.

저는 서른 즈음이고 미성숙합니다. 미성숙한 사람도 작가가 될 수 있고 미성숙한 사람도 독자가 될 수 있습니다. 저는 미성숙을 전시해 저 같은 사람들을 기쁘게 하고 싶습니다. 음, 어쩌면 미성숙한 사람들이야말로 책과 가까울 것 같아요. 투자 잘하는 법, 인생 역전하는 법, 외나무다리에서 만난 원수 앞에서 우아해지는 법을 다루는, 서점을 뒤덮은 요령서들 사이에서 참 요령 좋게도 제 책을 사서 읽을 것 같아요. 이 사람, 나와 닮은 데가 있구만, 알아보고 즐거워했으면 좋겠어요.

나는 대개 삶을 즐겁게 받아들인다. 즐거움에 그을린 것마냥 가슴 한켠이 어두운 건 어쩔 수 없지만. 어떻게 일주일에 다섯 번, 하루 여덟 시간 회사에 들어가 일하면서 '일과 삶의 균형이 좋다'고 말할 수 있는지 내가 이해했다면, 더 균형 없는 곳과의 비교를 통한 강제 이해 말고 진정 나의 마음속으로 저 문장을 느껴본 적이 있다면, 그럴 수만 있다면 좋았을 텐데.

나는 왕국을 사랑하는 일개미가 아니다. 그러나 왕국을

사랑할 수도 있었다. 그래, 왕국을 사랑하고 싶다. 이것은
나의 소원이지 왕국에 대한 욕이 아니다.

　나에게는 인간으로부터 위로받는 연한 부분이 있고 공동
체에 대한 존중이 있다. 어설프게 훈련된 사회성도 있다.
이것들은 속삭인다. 회사에 들어가자. 회사에 간다면 너는
외롭지 않을 것이고 아침에 일어나서 밤에 잠들게 될 것이
며 달마다 생활비 걱정을 할 필요도 없을 것이다. 조금 비싼
의류나 요리, 호텔 바우처를 살 수도 있지. 좋아하는 가수의
콘서트도 전부 갈 수 있다. 무엇보다 네게 들어오는 아르바
이트 자리나 행사나 수업 제안이 언제까지 지속될 수 있을
지 너는 모른다. 아무도 모른다. 너는 어느 날 더이상 글을
쓰지 못하는 몸이 될 수 있다. 그때 너의 나이가 몇 살인지,
어디에서 누구와 지내고 있는 몸일지는 아무도 모른다. 홀
로 늙어 무능해진 너를 받아들일 곳은 어릴 때부터 착실히
다녀놓은 회사뿐이야. 대단한 일이 아니어도 좋다. 회사를
다녀. 회사를 다니라고!

　일이 년 정도는 꾹 참고 회사를 다녀보았다. 고층 빌딩 꼭

대기에 있는 호화로운 건강검진 센터였다. 오전 일곱시 출근, 오후 네시 퇴근, 가끔은 여섯시 반에 출근해서 세시 반에 퇴근, 가끔은 토요일에도 출근. 대학병원 소속 정규직이었고 일은 간단했으며 봉급도 괜찮았다. 나는 정말 잘하고 싶었다. 그런데⋯⋯

무엇이 문제였을까? 마음속 깊은 곳에서 '인정할 수 없음'이 지워지지 않았다. 무엇을? 기천만 원짜리 건강검진 서비스가 팔린다는 사실을. 목사며 스님, 사회적으로 물의를 일으킨 것으로 알려진 사람들이 내 앞에서 가운을 입고 시중을 받으며 지나가는 모습을. 무엇을? 의사와 센터장 앞에 말 그대로 굽신거리는 상급자들을. 나의 인사는 무시하되 누군가의 인사는 허리를 굽혀 받들어야만 하는 그들만의 이유를. 또 무엇을? 간호직, 보건직들이 입는 바지 유니폼을 나 같은 젊은 여자에게, 그러니까 비서와 안내직에게 주지 않는 이유를. 타이트한 치마를 입은 우리가 받아야 하는 농담을. 무엇보다도, 이 모든 것이 당연하다는 듯 한자리에서 밝게 웃는 동료들을. 그 태연함을. 건강함을.

나는 느꼈다. 이것이 주류 사회의 질서다. 이것이 정상성
이라는 것이다. 이런 직장에서는 튀면 좆된다. 그러나 나는
튀어버렸다…… '인정할 수 없음'을 나도 모르게 온몸에 적
어놔버렸다.

가장 인정할 수 없었던 것은 나만 이상하다는 것이었다.
퇴근해서 집에 돌아와 누워 있다가 뭘 좀 먹고 눈물 흘리고,
서너 시간 자다 일어나 출근하는 게 인생의 대부분인데 나
한테 워라밸이 좋대. 저기가 괜찮은 직장이래. 그러면 다른
직장은 어떻다는 거야? 다들 머리가 어떻게 된 거 아냐?

그 무렵 각종 정신 질환에 무쳐진 파김치 같던 나를 차에
태워 캠핑에 데려가주던 친구들이 있었다. 직장생활을 오
래한 친구들은 휴일에 놀러간다는 사실만으로도 행복해 보
였다. 너희는 어떻게 이렇게 살아? 물어보자 이구동성으
로 다 그렇게 살아, 라는 답이 돌아왔다. 다…… 다란 말이
지…… 해맑고 산뜻하고 잔인한 답이다.

그런 곳에서, 아니, 그와 비슷한 어떤 곳에서도 인생의 대

부분을 쓰고 싶진 않았다. 단지 함께하는 시간만이라도 줄여주기를 바랐다.

분위기가 맞는 곳으로 이직을 했다면 덜 힘들었겠지. 하지만 내가 겪는 문제의 본질은 그게 아니었어. 이 정도로까지 삶을 팔아치워서 돈으로 바꾸고 싶지는 않다는 거였어. 우스운 얘기지만 나는 삶을 잘 살고 싶어. 잘 산다는 게 뭐냐면…… 좋은 집과 좋은 차를 갖고 사는 게 아냐. 온전한 정신과 자유 속에서 뭔가를 느끼는 거야. 이를테면 왜? 라고 질문하고 답을 듣고 알고 싶어. 지금처럼 카페에 와서 발이 시리구나, 커피가 달구나, 옆자리의 아기가 귀엽구나……조차도 나의 식대로 받아들이고 싶어. 순간순간 마음에 잘 몰두하고 싶고, 그런 순간들로 나를 꾸리고 싶어. 눈을 질끈 감고 버틴다는 감각으로만 이루어지는 건 싫어.

내게 일주일, 그러니까 백육십팔 시간의 삶이 있다면, 우선 얼마만큼을 잠에게 넉넉히 떼어주고, 또 필요한 만큼을 돈으로 바꾸고, 씻고 청소하고 요리하고 빨래, 그러고 나서도 내게 스스로를 알려줄 만큼의 삶이 남기를 원해. 세상을 내 비위대로 바꾸겠다는 게 아니야. 한편으로는 그럴 수 없다고도 생각해. 나는 그냥…… 충분히 떨어져서 있게만 해달라는 거야. 세상에 끼어들어가 돌아가는 인파에 나를 거의 다 매몰시킬 수는 없어. 특히, '인정할 수 없는' 사람들처럼 변하는 것은 내게 죽음과 다르지 않아. 돈 때문에, 사회적 지위 때문에 그들과 살을 부대끼며 수십 년을 함께해야 한다면, 아마 난 사라질 거야. 그러니 아쉽지만 돈으로 바꾸는 삶의 양을 조절할 수밖에 없어. 당연하다는 듯이 매일매일 성실하게 내어줄 수가 없어. 사치라고, 배부른 소리라고, 나는 그렇게 부르지 않을 거야. 이 삶은 애초에 내 것이었잖아. 태어날 때부터 내 것이었잖아.

나는 베짱이도 못 될 것이다. 아름다운 노래를 부르지 않으니까. 바퀴벌레 정도는 될 수 있지 않을까? 열심히 일하는 도시의 사람들에게 얹혀 살면서 부끄러운 줄은 알고 숨어다니는. 뭐 대단한 사상을 가진 양 자신만만하게 적었지만 사실은 슬프다. 내 통장 잔고까지 헤아려가며 밥을 사주고 술을 사주는 고마운 이들의 삶을 에둘러 부정하는 것처럼 보이고 싶지 않기 때문이다. 그러므로 확실히 말해두어야겠다. 나는 긍정한다. 다음과 같은 사실을—나는 납득하지 못했으므로 여기 남아 있다. 누군가는 납득했기에 저편으로 가버렸다. 또 누군가는 납득하지 못했지만 저편에 가서 꿋꿋하게 견디기로 했다—미처 떠올리지 못한 그밖의 경우들을 포함해서 이편과 저편의 모두가 자기 방식대로 살게 될 것을 긍정한다. 어쩌면 정치색을 바꾸듯 진영을 오가는 사람도 있을 것이다. 그게 내가 되리라는 기대와 공포도 갖고 있다. 그러나 지금의 나는 슬프게도, 어떤 것에 대해서는, 인정할 수 없다고 덧붙이고야 만다. 미성숙하니까.

생각을 멈추고 살면 돼, 저편의 당신이 말한다. 생각을 멈추면 다 죽어, 이편의 내가 말한다. 우리는 각자 자리에서 할일을 한다. 저마다 판단하기에 가장 포기할 만한 것을 하나씩은 버린 상태다.

내가 버린 것을 생각한다. 돈. 소속감. 또 뭐가 있는지는 차차 알게 될 것이다. 앞으로 세상이 나에게 집을 주기는 할까? 병원비에 허덕일 일만 없으면 좋겠는데. 가정을 꾸려 아이를 낳고 기를 미래도 아마 높은 확률로 주지 않을 것 같다. 남들 다 하는 거래인데 너는 하지 않네? 너 좋은 대로 살아봐라, 안 말린다, 그러면서 친구들마저 데리고 가버리겠지. 친구가 되어줄 사람들도 전부 다. 그러고 나면 나는 외로운 가난뱅이가 되는 거야. 세상은 참 강도 같다. 이런 세상을 나한테 소개시킨 부모를 탓하다가, 또 부모는 마지막까지 남을 친구들임이 분명해서, 세상에서 두 사람을 만날 수 있어서 좋았다고도 생각하다가, 나도 하나도 다를 것 없이 부모가 되는 미래를 상상하고 말았다는 것이 이상하고……

그래도 오늘 나는 행복했어. 이유가 뭘까. 이 보잘것없는 하루에 조금의 의문도 외압도 없었었다는 것, 그래, 그거면 된다고 생각하기도 해. 불안함이야 있지. 내 반려동물이야. 이젠 귀여워.

그러니 어제도, 오늘도 노트북을 꺼안고 집 앞에 나와 생각이 잠시라도 멎기를 바라며 기다리고 있다. 미래. 어떻게든 오고야 말 미래를. 이상하다. 미래를 위해 살 때는 한번도 미래를 기다려본 적 없었는데 말이지.

3
월
9
일

시

꿈의 기계

잘못은 본래 나로부터 시작되었다

그날 나는 오래전부터 시험해보고 싶었던 큰 비밀 모양 망치를 꺼내 기계를 쾅, 내리쳤다 오랫동안이나 튼튼하게 잘 돌아가고 있던 기계였다

함께 기계를 돌리던 사람이 깜짝 놀라 도망쳤다 그는 나의 친구들에게 찾아가 내가 큰 망치를 숨기고 있으며 정신이 온전치 않을 수 있다는 사실을 주지시켰다

그 소식을 들은 기계는 슬퍼했다 애들아 난 괜찮아 사이좋게 지내라 너희 사이가 나빠져서 함께 나를 만지지 않게 된다면 난 무엇도 만들어내지 못하는 쓸데없는 고철덩어리

가 될 거야 안 좋은 상상을 계속하며 속에서부터 서서히 녹슬어갔다

기계가 더 나빠지기 전에 파는 것이 좋을지 수리하는 것이 좋을지 알 수 없었다 누가 값을 치러야 하는지 누가 책임을 져야 하는지 누가 보상을 받아야 하는지 그러고 나면 우리의 사이가 좋아지는지

우리는 염치 있는 사람들이어서 기계를 망가뜨린 죄를 느껴서 그러나 자신의 마음이 자신 때문이라고는 믿고 싶지 않아서 입을 다물고 다시 말하지 않았다

후에 나는 염치없는 사람들을 몇 번 만났고, 그럴 때에는, 너 때문이야, 네 잘못이야, 바득바득 우기며 상대에게 값을 치르게 해야 하는구나, 그러면 그것으로 아무 일 없다는 듯, 너만 웃으면 모든 것이 원래대로 돌아올 수 있다는 듯, 다시 기계를 굴려볼 수도 있는 거였을까…… 후회했지만

우리는 너무 염치가 있었다 미안함과 부끄러움을 놓지 못해서 서로에게 얹어주지도 못해서 누구 하나 손이 자유롭지 못해서

똑같이 양손을 염치에게 저당잡혀서 끝내 한 사람이 한 사람을 안아주지도 못하고 괜찮다고 토닥거리거나 장난을 치지도 따귀를 때리지도 못하고 눈치를 보며 말 붙이지도 못하고 그대로 기계는 어느 날부터인가 손이 닿지 않게 된 채로 남겨졌고

다시 어느 날 자유로워진 내가 그때를 기억하고 홀로 머뭇거리다 기계의 뚜껑을 열고 바라보고 있는 오늘날

나는 이곳에 쓴다

나 때문이야

내 잘못이야

낡고 고장난 기계는 그대로 있고

나는 조용히 두 손을 얹고

생각한다

이 손에 오랫동안 들려 있었던 것의 정체와 무게를

3
월
10
일

에세이

'이거 책으로 나와도 괜찮을까?'

유난히 내성적이었던 친구에게 원고를 보여주면서 물어보자

그녀는 질겁을 했다.

만 하루 정도는 나를 피했던 것 같기도.

내향인 납치

그때는 반 아이들 거의 모두가 아이돌에 열광했다. 지금처럼 케이팝이 유명할 때가 아니었는데도 그랬다. 당시의 난 아이돌을 잘 몰랐다. 그런 쪽의 또래문화에서는 배제되어 있었다. (성인이 되어서는 아이돌을 너무 좋아해버려서 또래 문화에서 배제되었다.)

앵무새 같은 머리를 한 남자 그룹 멤버들이 티브이에, 미니홈피 사진첩에, 폴더폰 배경화면에 쏟아져나왔다. 원하지 않아도 저중 누군가를 좋아해야만 할 것 같았다. 친구들은 벌써 신분을 하나씩 갖춘 상태였다. 카시오페아, 엘프, 프리마돈나, 어디서 알고 얻어왔는지도 모를 그런 이름들은 하나같이 화려하고 이국적이었으며 어느 중학교 몇 반 누구라는 말보다 확실한 자기소개였다.

내 친구들은 브이아이피였다. 나도 브이아이피가 되었다. 내게 제일 근사해 보인 사람은 빅뱅의 태양이었다. 말 없고 상냥한 인상에 춤과 노래를 둘 다 잘하는 멤버. 그는 화려하게 눈에 띄는 편이 아니었고, 친구들 중 몇은 의아함을 내비쳤던 것 같다. 탑이나 지드래곤이 더 괜찮지 않냐면서. 나는 동의하지 않았다. 뛰어나게 잘생기진 않았지만 좋아, 가 아니라, 적어도 나의 눈에 태양은 흠잡을 데 없는 미남이었다. 다른 멤버들이 더 인기가 많고, 말을 많이 하고, 카메라에 자주 잡힐지언정 그들에게서는 결정적인 흥미를 느낄 수 없었디.

빅뱅의 태양을 좋아하는 팬들의 커뮤니티가 있었다. 학생보다는 이삼십대가 많은 분위기였다. 나는 거기에 가입해서 태양이 너무 좋다는 식의 글을 썼다가 무언가 게시글 양식에 맞지 않다는 이유로 호되게 혼이 났고 이후 십 년 동안 아이돌 판에 얼씬거리지 않았다.

난 사람의 성질에 끌리는 타입이었다. 말을 잘 안 하고, 떠들썩한 자리에서 곤란해 보이고, 둘이서 만나면 내 눈을 피할 것 같은 사람이 좋았다. 정확히 말하면 그런 종류의 사람들이 내게 불러일으키는 감정이 좋은 것이다. 귀엽다. 말걸고 싶어. 자꾸 말을 시켜서 저 사람 안에 있는 이야기를 하나씩 뽑아보고 싶어. 저 사람이 문을 닫아걸고 소중하게 키우고 있는 식물을 보고 싶어. 흔해 빠진 민들레나 상추 같은 거여도 좋아. 오히려 그런 거라면 좋겠어. 그것들을 구경하면서 저 사람을 더욱 귀여워해야지. 그러나 내향인들은 만만치 않았다. 그들이 제일 많이 들려준 말은 '왜 이러세요'였다. 저돌적인 관심을 부담스러워하고, 번뜩이는 나의 눈을 수상하게 여겼다. 하지만……! 어느 정도는 관심을 즐기고 있는 것처럼 보이기도 하는데……! 나는 꾸준히 문을 두드렸다. 그들 중 몇과는 친구가 되기 성공했지만 나머지와는 그렇지 못했다. 이유는 내가 집요해서, 혹은 단번에 포기해버려서였다. 아직도 내향인과의 사교에 관한 비밀을 풀지 못했다. 어쩌면 나는 성격 좋은 내향인 친구들의 양해를 받고 있을 뿐인 무례하고 운 좋은 인간일지도 모른다.

내향적인 사람들이 좋은 건 심증 때문이다. 문을 열다니 저 사람 지금 진심이겠구나, 하는 심증. 사람들과 모이는 자리에서 나는 카드를 돌리듯이 호의를 표현한다. 진심이 뭔지 알 수 없게. 나조차도 내 마음을 알 수는 없다. 그렇게 열심히 돌리고 또 돌리다보면 누군가와 가까워져서 좋은 관계를 유지하게 되기도 하는데, 내가 처음부터 이 사람과 이렇게 친해지고 싶었던가를 떠올려보면 기억이 나질 않는다. 단지 나는 모두에게 친절하고, 모두에게 관심이 있고, 모두를 좋아한다. 그러고 나서 인연을 어느 정도 운명에 맡긴다.

나 같은 사람을 알아볼 수 있다. 그런 사람과는 가까운 사이를 유지하기 어렵다. 가까워진다고 한들 두어 번 만나서 놀러다니는 게 다다. 그 자리에 들어올 만한 다른 사람들은 계속 생겨나게끔 되어 있다. 그들은 각자의 줄에 서서 차례를 기다리고 있다. 우리가 뿌린 전단지 같은 관심을 쥐고 거기에 적힌 문구를 믿고 있다. 다음번에 우리는 서로를 놓아두고 새로운 사람들을 불러 논다. 그게 우리 사이에 합의된 자연스러움이라고 느낀다. 살던 대로 살아간다. 여전히 서로에게 호의를 가진 채.

그것은 편한 방식이지만 좋아하는 방식은 아니다. 나는 나의 행동에 의해 외로움을 타고야 만다. 솔직히 말하면 특별한 사랑을 주고 싶다. 너에게만 주는 거야, 말하고 쥐어주는 선물 같은 관계를 시작하고 싶다. 그렇지만 대가 없이는 안 된다…… 그러니까 이건 특별한 사랑을 받고 싶다는 뜻이다. 편애를 원한다. 내가 편애하는 대상에게. 누가 편애에 편애로 응답해줄까. 문을 열지 않는 사람들. 저 문 너머엔 틀림없이 농도 짙은 마음이 있다. 왜 안 보여주는 걸까. 너무 여리거나, 다른 누가 필요 없을 정도로 완전하기 때문일까. 어지간히 마음에 드는 사람에게만 결정을 하고 보여주는 걸까. 그 결정 나한테 해줄 수는 없을까. 나도 특별한 것을 주고자 하는데. 보여주기만 한다면 네가 하는 것처럼 할 텐데. 나는 너의 방식을 따라 하고 싶어했다고, 소중히 여길 준비가 되어 있다고 알려주고 싶은데…… 구석에 혼자 앉은 친구에게 가서 말을 걸어본다. 안녕, 넌 이름이 뭐야? 작년에 몇 반이었어? 친구들은 갑작스러운 인기척을 느낀 길고양이의 눈빛으로 나를 바라봐주었다.

2018년에는 고양이를 돌봤다. 수십 마리의 유기묘를 기르며 입양처를 주선하는 곳에서 봉사했다. 그곳에 있으면서 고양이를 배웠다. 고양이들은 나를 좋아했다. 약을 먹이고 귀를 닦고 발톱을 깎고 항문낭을 짜도 그 순간에만 화를 낼 뿐 다음날이면 애교를 부리며 핥아주었다. 모두 외로운 고양이들이었다. 수십 조각으로 나눠 갖지 않아도 되는 유일한 마음을 바라고 있었다. 몇은 봉사자의 집으로 입양을 갔다. 가서는 꼭 전혀 다른 고양이처럼 변했다.

이후 친구들의 집에 놀러가게 되면 고양이들의 환심을 샀다. 강아지들은 어려웠다. 강아지들이 내게 달려들어 온 몸으로 사랑을 뿜어대는 동안 무엇을 해야 할지, 어떤 반응을 보여야 할지 몰랐다. 예뻐해주어야 하나? 가만있어도 예쁜데. 어떻게 예뻐해주어야 하지? 나는 그들을 함부로 안지 못했다. 간혹 고양이 같은 개들이 날 좋아했다. 움직임이 적고 사람 눈을 피하는 개들. 그애들은 나의 다리에 가만히 등을 대고 먼 곳을 봤다. 나는 그런 생물이 좋았다.

오래전 대학 친구의 집에서 말티즈를 화나게 한 적이 있다. 아름답고 예민하고 마르고 작은 아이였다. 말티즈는 내가 문을 열고 들어오는 순간부터 목을 놓아 짖었다. 시간이 어느 정도 지나도 우는 소리를 멈추지 않았다. 나는 말티즈와 친해지고 싶어 짐볼을 굴렸다. 말티즈는 방방 뛰며 달아났다. 그것이 귀여워서 웃음이 났다. 그 밤 내내 말티즈는 꺼져달라는 듯이 온 힘을 다해 짖었다.

너는 쟤의 마음을 모르는구나. 같이 간 언니가 말했다. 사실이었다. 긴 시간 동안 나는 서툴렀다. 마음을 주는 법도 받는 법도 모르면서 최선을 다한 적이 많았다. 이것이 무서움인지 즐거움인지 모르면서 거대한 공을 숱하게 굴렸다. 겪으면서 배우는 동안 미안한 일은 자꾸 늘어갔다. 실수했었네, 깨우친 다음 한번 더 생각해 보면 그것뿐만 아니라 저것도, 이것도 전부 미안한 일이었다.

사랑스럽던 말티즈는 인간보다 먼저 늙어 하늘로 갔다. 친구는 하이볼을 마시다 울었다. 남을 이해할수록 나를 용서하기 어려운 날이 앞에 창창하게 놓여 있었다.

에세이

맛있는 건 정말 참을 수 없어…… 누구든 맛을 보면 이렇게……

버섯매운탕을 먹으러 가양역 쪽에 갔다. 칼국수와 샤브샤브가 함께 나오는 모 한식 체인의 원류가 되었다던 가게다. '장난 따위 하지 않는다, 세련된 척도 하지 않는다' 말하는 것 같은 간판과 외벽 디자인이 신뢰를 주었다. 계절이 넘어가면서 우리가 고르는 음식점의 성격도 빠르게 변했다. 요즘 우리는 '아저씨 음식'에 심취해 있다.

각종 버섯, 미나리, 양파, 감자가 들어간 시뻘건 국물이 솥에서 끓었다. 사장님으로 보이는 여사님이 테이블 사이를 오가며 조리를 돕고 있었다. 여사님은 유난히 희고 고운 털옷을 입었음에도 아무렇지도 않게 솥들을 휘저었다. 버섯매운탕의 고수, 버섯매운탕의 수호신이 우리들 사이에 강림하고 있는 기분이었다.

우리 앞엔 칼국수와 채소가 든 대접이 있었고 또 다진 야채와 밥과 날계란이 든 대접이 있었다. 무엇에 어떻게 손을 대야 할지 몰라 가만히 있기로 했다. 이대로 멋모르는 티를 내며 먹고 있으면 '지금 아가씨들 뭐 하는 거야!' 하면서 저분이 달려와 뭔가를 알려주실 거야, 누군가 말했고 우리는 그 상황을 기대하며 웃었다. 그리고 실제로 그런 상황이 두 번이나 일어났다.

마늘 냄새가 듬뿍 나는 국물은 묵직하고, 미나리는 향긋하고, 종류를 다 알 수 없는 버섯들은 귀엽고 꼬들꼬들하고 맛있으며 감자는 고구마처럼 달다…… 칼국수는 박력이 있고, 죽의 야채는 좀 크게 썰린 편이지만 감칠맛이 굉장하군……

이런저런 감상을 공유해가며 먹는 동안 사는 이야기와 책 이야기가 끼어든다. 예를 들면 어제 회식을 해서 해장이 된다, 회식 메뉴를 고를 수 있어 좋았다, 『마지막으로 할 만한 멋진 일』을 아직 다 읽지 못했다, 나는 그거 읽다가 포기했는데 자꾸 이야기를 들으니 다시 도전하고 싶다, 오는 길에 알라딘에 들러 책 열댓 권을 팔고 왔다, 마치 러시아 문학에 나오는 사람 같구나, 책을 팔아 배를 채우러 오다 니…… 『제인 에어』에 나왔던 보육원 음식 묘사를 기억하 느냐, 거기서 말하던 죽처럼 지금 우리의 죽이 타고 있다, 등.

나는 대학교 학부 일학년 시절을 두 번 보냈다. 첫번째는 서울 광진구에 있는 K대학교에서였고 두번째는 동대문구에 있는 K대학교에서였다.

첫번째 대학교에서 마음 맞는 친구들을 꽤 만날 수 있었다. 지원은 그중 한 명이었다. 그때는 그저 밝고 착한 친구(지원이 별로 좋아하지 않을 설명)라고 생각해 어울렸을 뿐이지만 시간이 흘러 나는 이 친구가 학과 내의 몇 안 되는 책 오타쿠(이것 또한 그렇게 좋아하지 않을 설명)임을 알게 되었다.

우리는 소년기의 독서 리스트를 공유하며 반가움을 숨기지 못했다. 퀸틴 블레이크가 삽화를 그린 아동 소설들, 에리히 캐스트너의 '에밀'과 아스트리드 린드그렌의 '에밀', 키다리 아저씨와 작은 아씨들로 대표될 법한, 발랄하고 이국적인 풍물 묘사가 많던 세계문학들. 모두가 책등으로 한번쯤보았을 것 같은 명작선을 거쳐 리지아 보중가 누니스의 『노랑 가방』이나 질리언 크로스의 공포 소설에까지 이야기가뻗쳤을 때는 어라, 왜지? 이상함을 느낄 정도였다. 지원은어린 시절 내가 읽은 책을 모두 알고 있는 사람이었다.

당시 우리가 몰입한 건 외국 소설에서나 볼 수 있는 당돌한 소녀들의 서사였으리라는 생각이 든다. 그런 부분에서핀트가 맞으면 기억에 남는 책의 목록도 자연히 비슷해질수밖에 없었겠지. 그때의 내가 설명할 수 있는 지원은 뭐랄까, 주디 애벗과 샐리 맥브라이드를 반반 섞은 사람처럼 보였다(지금은 왠지 베스 마치의 어른 버전 같다).

지원에게 했던 선물 중 그녀가 진심으로 좋아해줘서 기억에 남았던 것이 두 가지 있다. 손바느질로 만든 작은 펠트인형과 세라 워터스의 소설이었다. 몇 년이 흘러 나는 지원이 수예와 영미권 장르문학에 취미가 있음을 알게 되었는데 어떻게 알게 되었는지는 잘 기억이 나지 않는다. 그냥 언젠가부터 머릿속에 있었다. 걔는 뜨개질을 하지. 걔네 집에는 영어 이름 작가들이 쓴 미스터리 책이 아주아주 많지. 그런데 막상 인형이나 소설을 선물했을 시점에는 그런 취향을 전혀 몰랐기에 '어, 이것을 이렇게 좋아해주다니?' 싶은, 친구의 예상치 못한 부분을 알게 된 기쁨이 있었다.

지원의 집에 놀러갈 때면 죄송스러울 정도로 융숭한 대접을 받는다. 차를 우리는 여러 도구들, 커피 기계들이 있어 가끔은 다과를 가지고 놀러가기도 했다. 언젠가 지원은 납작한 나무판 같은 것을 가져와 중국식으로 한 번, 곡선형의 투명 그릇을 가져와 영국식으로 다시 한번 차를 내려주었다. 또 언젠가는 만체고 치즈와 직접 만든 보늬밤을 내주었다. 그것들과 함께 산딸기 주스맛이 나는 와인을 머그잔에 나누어 마셨다. 그런 순간들은 시간이 오래 지나도 잊히지 않을 것처럼 생경하게 따스했다.

두번째 대학교에서 만난 채린은 조용한 성격의 선배였던 것으로 기억한다. 현대문학 비평 연구 학회의 차장을 맡고 있었고, 술과 사람들과 대학교의 여러 액티비티보다는 고풍스러운 도서관 건물에 앉아 얼마고 시간을 죽이는 것을 더 좋아할 듯한 이미지였다. 대학 시절의 나는 술자리에 참석하기 위해 등교했으므로 채린과는 자주 대화할 일이 없었다.

언제나 은은하게 웃고 있는 채린에게선 세상을 면밀히 살피는 수집가 느낌이 났다. 따로 정보를 찾아보지 않으면 알 수 없는 독립영화, 골목의 가게, 세계 음식을 채린은 알고 있었다. 전국의 돈까스집만을 찾아다니며 별점을 매기는 블로거가 있어, 내가 말할 때 채린은 이미 그 블로거의 팔로워였고, 지나다니며 가보고 싶다 생각만 했던 작은 과자점에 대해서라면 베스트 메뉴는 물론 몇 시쯤에 어떤 과자들이 품절되는지도 알고 있었다. 나는 여행할 생각이 없는 나라들을 채린은 곧잘 다녀왔고, 존재하는지도 몰랐던 누가크래커, 펑리수, 대추 전병의 맛을 알려주었다.

우리가 가까운 사이임을 느끼게 된 건 〈벌새〉와 〈윤희에게〉가 같이 개봉하던 해에 이르러서였다. 둘 중 어느 영화가 더 취향이었는지, 그것이 어떤 이유에서인지를 솔직하고 자세하게 말한 다음 서로의 감상을 이해할 수 있는 사이는 흔하지 않다. 그때쯤 나는 채린이 의외로 수다스러운 편이라는 것을 발견한 참이었다. 채린은 1부터 10까지를 조금도 건너뛰지 않고 둘러본 다음 가장 좋아하는 것 두어 개를 골라 100만큼 이야기하고 싶어하는 사람이었다.

식당에 대해서라면 절대로 이런 사람의 선택을 이길 수 없다. 이 사람보다 정보가 많을 수 없고, 이 사람보다 경험이 있을 수 없고, 이 사람보다 안목이 좋을 수 없고, 이 사람보다 고집이 강할 수 없다. 나는 그렇게 생각했다. 나 같은 무지렁이에게 이런 미식가 친구라니. 엄청나잖아?

우리는 졸업을 앞두고 몇 번 학교 바깥에서 만났다. 먼저 그날 먹을 음식의 장르를 정하고, 근처에 마땅한 후식가게가 있는지를 염두해 음식점을 골랐다. 사실 나의 의견이 그리 필요치는 않았다. 초반에는 딴에 괜찮은 식당을 찾아 제안해보기도 했으나 채린이 고르는 식당이 늘 압도적으로 나았다. 그럴 수밖에 없었다. 나는 기껏해야 네이버 블로그의 도움을 받을 뿐이었다.

적당히 고민하는 척하면서 따라가기만 하면 맛있는 음식을 먹을 수 있군!

채린은 채린대로 동행이 붙어 메뉴의 선택지가 늘어나는 것이 즐거운 눈치였다. 나아가서 한 사람쯤 더 끼기를 원하는 눈치였다. 그리고 그 상대도 마음속으로 내정해놓은 눈치였다. 나는 채린을 만날 때마다 지원이 떠올랐고 지원을 만날 때마다 채린이 떠올랐는데 생각이 입 밖으로 줄줄 새는 성격 탓에 이미 두 사람은 서로에 대한 내적 친분을 조금 갖고 있는 상태였다, 그렇게 책과 디저트와 차가 함께하는 '미식 모임'이 시작되었다.

*

어느 해인가 우리는 중국 음식에 열중했다. 카오위, 마라 전골, 향신료 국물에 닭과 돼지를 같이 넣고 끓인 묘한 탕 요리, 가지볶음, 산초 오징어 튀김, 고기 전병, 완탕면, 연태

하이볼, 진한 갈색 레몬 티, 커피를 탄 밀크티를 먹었다. 먹으면서 더우장, 취두부, 피단 경험담을 들었다. 나는 음, 그건 이상하지 않아, 맛이 없을 것 같은데, 약간의 반박을 더하여 두 사람의 이야기에 불을 지폈다.

하이디라오에 가면 네 가지 탕을 세팅했다. 재료를 주문할 때 채린은 메기 살을 먹어봐야겠다고 했고 지원은 꼭 칼국수를 먹어야 한다고 했다. 나는 토마토탕에 푹 절여진 배추와 감자만 있으면 된다고 말해놓고선 주문 기계가 띄워주는 재료는 무엇이든 담았다. 셀프 바에 있는 초록색 경단을 가져온 후 이런 것으로 배를 채우면 안 된다는 구박을 받기도 했다.

어느 때에는 스페인 음식을 먹으러 갔다. 셋이서 핀초를 하나씩 시키고 반으로 갈라 여섯 조각을 만들었다. 지원은 감자 퓌레에 문어가 올라간 것을 좋아했고 채린은 사과와 돼지고기가 함께 나오는 것을 좋아했다. 먹물을 넣어 끓인 파에야는 까맣고 윤이 나고 간간하고 고소하고 쌉쌀했다. 집에서도 만들어 먹고 싶어, 레시피를 찾아보자, 안 돼, 틀렸어, 재료가 너무 많은걸, 파프리카 가루랑 사프란이 있어야 한대, 앗, 여기 파에야 만들기가 취미인 스페인 사람이랑 결혼한 한국인이 있어, 이럴 수가, 질투 나! 떠들면서 깔깔 웃으면서 먹었다. 후식으로는 성당풍의 카페에 가 크림이 든 술을 마셨다.

한동안은 한식만 찾아다녔다. 매콤한 양념으로 버무린 뼈찜, 슴슴한 물막국수와 부추가 곁들여진 이북식 닭찜, 근처에 미군 부대가 있어 맑은 스튜에 가까운 느낌으로 전해져 내려왔다던 감자탕, 라면 스프를 넣은 매운탕처럼 칼칼한 국물의 감자탕…… 비슷비슷한 음식을 서너 번 연속으로 먹었다. 자연스럽게 그렇게 됐다.

등뼈찜을 먹다보면 '내가 아는 감자탕집이 있는데 국물이 특이하다'거나 '한국의 찜 요리는 대부분 자극적인 양념을 쓰는 것 같아요. 고추장 아니면 간장, 그런데 이북식으로 하는 곳은 또 다른가봐……'라는 식의 이야기가 나오게 되어 있었다. 그러면 우리는 눈을 빛내며 새로이 알게 된 가게의 휴무일을 확인하고 모임 일정을 잡았다.

친구들이 깜찍한 점은 서로에게 존칭을 쓴다는 것이다. 지원님, 이거 보셨어요? 채린님, 이거 드셔보셨나요? 이렇게 말하면 어색한 사이일 것 같지만 모임에서 입을 다물고 있는 쪽은 오히려 나다. 두 사람은 내가 알 수 없는 어떤 것, 예를 들면 스타워즈와 스타트렉에 대해 볼이 빨개지도록 떠들곤 했는데 그럴 때의 나는 서운하기보다 흐뭇했다. 이 못 말리는 사람들을 만나게 한 건 나다. 내가 이어줬다! 바로 내가……!

친구들은 책과 영화에 관한 이야기를 많이 한다. 옆에서 관심을 보이고 있으면 강매하듯이 추천하기 때문에 신중하게 끼어들어야 한다. 그래도 끼리끼리 노니까, 친구들이 흥미로워하는 콘텐츠들은 대부분 내 취향에도 맞는 편이다. 이것이야말로 문화 오마카세일지도. 문제는 내가 친구들만큼 많이 먹지 못하는 사람이라는 데 있지만.

달콤한 말에 넘어가 덜컥 구매해놓고 다 못 읽고 있는 책들이 많다. 아래는 아예 표지조차 열어보지 못한 책의 목록이다.

그 외, 퍼트리샤 하이스미스의 『당신은 우리와 어울리지 않아』와 어빈 웰시의 『트레인스포팅』을 마음에 담아두고 있다. 이 두 권은 어디선가 빌려 볼 기회를 노리는 중.

어렸을 때는 뭔가를 먹을 때 꼭 책을 봤다. 조리 빵을 먹을 땐 『홍당무』의 아가트가 식사 시중을 드는 에피소드, 모닝빵을 먹을 땐 『소공녀』의 세라가 둥근 빵 여섯 개를 산 다음 빵집 앞의 거지 아이에게 나눠주는 에피소드를 천천히 음미했다. 『로테와 루이제』에서 루이제가 고기국수를 만드는 장면은 국수를 먹을 때도 고기를 먹을 때도 즐겁게 곁들일 수 있었다. 치즈는 여기저기서 왜들 그렇게 많이 먹는지, 오히려 좋아. 에멘탈 치즈나 양젖 치즈를 먹는 책 속 외국인들을 나는 서울우유 슬라이스 치즈를 먹으면서 바라보았다. 초코파이를 먹는 날이면 뭘 읽었는지 맞출 수 있을까? 답은 두 개. 당연히!『마틸다』그리고『찰리와 초콜릿 공장』. 황금빛 초대장을 뽑기 직전, 크림이 듬뿍 든 얇은 갈색의 초콜릿을 와구와구 먹는 장면이 제일 먹음직스럽다.

나는 자라서 원하는 것을 자급자족할 수 있는 사람이 됐다. 이 에피소드를 아주 탐욕스러운 대목으로 만들고자 했다. 훗날 어떤 음식 앞에 외로이 앉아 있다가도 이 책 이 부분을 펼치면 행복할 수 있을 것만 같다.

3월에는 딸기를 먹을 것이다. 꼭지를 따 찬물에 씻어 스테인리스 그릇에 담아놓은, 빨갛고 다닥다닥하고 울퉁불퉁한 딸기를 입천장으로 으깨버리겠어. 신맛이 강하다면 크로아상 반쪽에 생크림을 바르고 올려 먹어도 좋겠어. 알맹이가 시트 사이로 꽉꽉 들어차 있다던 딸기 케이크 전문점에도 가봐야지. 좋아하는 친구들과 함께.

3
월

12
일

메모

임시보관함

—떠오르다 멈춘 말의 토막들

1.

궁지에 몰린 사람은 정확한 문장을 쓴다. 자신의 안으로 깊게 말려들어갔기 때문에 어느 때보다 가까이에서 자기의 내부를 보고 묘사할 수 있다.

2.

가능하다면 조금도 어긋난 사람으로 알려지고 싶지 않아. 근데 어긋난 사람 같아 보이는 말을 왜 그렇게 많이 했을까.

3.

괜찮은 향수 조합 발견했다! 프레쉬 애즈랑 사쿠라.

청량한 나무 냄새와 섬유유연제 냄새를 섞으니 그냥

봄······ 가벼운 봄 공기 냄새.

4.

영장류들은 무리지어 생활하고 자존심이 세며 서열과 영
역을 중요하게 여긴다고 한다.

5.

즐겁게 의지 좀 해도 될 것 같다. 하물며 집도 월세보다
전세가 나은데 왜 이렇게 빚지기를 싫어할까.

6.

〈드라이브 마이 카〉 보고 우울증 예방하려고 바나나걸의
〈내 차를 가져가〉 들었다.

7.

친한 친구가 운동해서 몸 키우더니 점점 인플루언서가
되어간다. 이젠 인스타그램 사진이 올라와도 좋아요를 누
를 수 없다. SNS 핫가이한테 마음 찍고 다니는 것처럼 보일
까봐.

너를 힘껏 모른 척하는 나를 이해해줘……

S 점장님도 똑같다. 아니 더하다. 남자 속옷 협찬을 받고 광고를 하고 계신데 실은 얼굴 보며 반가워하고 있다고, 아르바이트 그만두었다고 안면몰수하는 게 아니라는 걸 알아주었으면 좋겠다.

8.

오늘은 시 두 편 구웠다. 메모장에 있는 시를 노트북에 옮겨적고 '최종입니다. 땅땅' 하는 걸 굽는다고 부르고 있다. 한번 구운 시는 잘 수정하지 않는다. 그만한 확신이 있어야 구울 수 있다. 오늘 나는 확신을 두 번이나 얻었다.

9.

모욕감은 너무 나쁜 것이라 되돌려줄 수조차 없다고 느껴. 그런데 어떻게 그런 걸 줄 수가 있지. 심지어 나는 마음을 줬는데. 왜 그러는 거지. 생각을 멈출 수 없다. 이 거대한 나쁨이 전부 소진되면 잊었다고 말할 수 있는 거겠지. 그렇다면 열심히 소진하는 방법밖에 선택지가 없다.

10.

어제는 친구들 만나서 게와 수박을 잔뜩 먹었다. 혼자서라면 먹기 어려웠을 그리고 먹고 싶지 않았을 음식들이 심하게 맛있었다.

11.

해결하지 못한 문제를 포기하고 싶지 않다는 건 애정이 있다는 얘기다. 하지만 어떤 문제에 대해서는 "아! 왜 진작 포기 안 했냐! 미련하기는. 쯧쯧. 욕봤다. 그건 네 인생과 가치관을 조롱하기 위한 똥이었다" 단호하게 날 위로하는 일이 필요했다.

12.

잠실 싫은 이유: 붕어빵 세 개 오천 원.

13.

사람 모아서 빈티지 의류 파는 자리 만들고 싶다. 내게는 이상하고 아름답고 안 입은 원피스들이 많다. 저것들 하나하나마다 다 가지게 된 이유가 있었다. 내게는 어울리지 않는 이유가 몹시 많았다.

14.

에이비식스 제발 컴백해……

15.

카지노에 온 것처럼 글을 쓰고 있다. 일어나면 바로 노트북 앞에 앉는다. 배고프면 거실에 나가서 밥 챙겨 먹는다. 그때 시계를 보고 시간을 알고, 다시 노트북 앞으로 돌아와 배고플 때까지 쓴다. 낮과 밤을 알지 못한다. 시간이 무시무시하게 빠르게 지나간다. 말 그대로 시간을 달리는 기분. 이 카지노에 오래 있을수록 돈은 굳는다. 가진 활자만 늘어난다. 좋은 활자인지는 나도 모른다.

16.

원더걸스의 〈Be My Baby〉는 좋은 노래다. 안무, 멜로디, 가사가 완벽 수준으로 뻔뻔하고 흥겹다. 랩 파트에서 유빈 언니가 '어때 88 나이도 딱 맞아 모두 다 맞아' 할 때는 정말이지……

17.

사랑에 대해서라면 더 헤매고 싶지 않다, 어제는 작가들을 만나 삼십대부터 인생이 편해진다는 이야기를 믿고 있다고, 여태까지 그래왔던 것처럼 마음을 잡고 데굴데굴 구르는 짓은 하기 싫다고 말했다. 그러자 시인과 소설가 선배들이 얘 뭔 소리 하는 거냐며 삼십대의 사랑이 완전 제대로 진짜배기 매운맛이라고 알려주었다. 나만은 꼬옥 예외이길.

18.

무엇에 재능을 가졌다면 그것으로 끝장을 본 다음 하고 싶은 걸 해야 할까? 하고 싶은 마음이 재능일 수는 없을까?

19.

비밀이 많아 보이는 사람을 발견하면 못 지나치겠다. 선물 포장지를 거칠게 잡아뜯듯 해체시킨 후 슬쩍 도망가고 싶어진다. 이건 심술이 맞다.

20.

　나는 틈이 많은데 필사적으로 틈 없는 척을 하고 아무도 엿보지 않는다며 외로워한다.

21.

　나는 울면서 쓴 글의 힘을 믿는다.

3

월

13

일

에세이

이것은 춤인가 운동인가

취미 발레 생활

몸을 움직이면 균형이 맞아들어가는 느낌이다. 어쨌든 정신을 쓰는 일을 하고 있기 때문에, 몸의 전원을 끄고 정신을 굴린 시간만큼은 반대로 정신의 전원을 끄고 몸을 굴려야 안심이 된다. 웨이트, 러닝, 수영, 요가, 그 외 몇 가지 운동을 조금씩 해보았고 적금을 깨 피티 같은 것을 시작해본적도 있다. 이전까지는 어떤 것에서도 뚜렷한 효능이랄지 재미랄지, '만족했다'는 느낌을 받을 수는 없었다.

나는 운동을 싫어해.

필라테스를 왜 그만두었냐는 말에 그렇게 답했다. 신기하게도 좋아한다, 싫어한다라는 말에는 힘이 있다. 확신이 약간 부족한 상태여도 말하고 나면 정말로 그렇게 된다.

왜 발레였는지는 기억나지 않는다. 집 앞에 발레 학원이 있어서? 발레리나 출신 아이돌의 등 근육이 멋져서? 다시 운동을 하게 된 상황만큼은 기억난다. 내가 할 수 있는 모든 것을 다 해놓은 상태에서 첫 시집의 출간을 기다리던 겨울이었다.

나는 조금 비이성적인 상태였다. 책이 나오지 않아서가 아니다. 맞지만, 아니다. 그렇게 된 데에는 앞서 더 근원적인 이유가 있었다. 그 무렵엔 처음 느껴보는 폭발적인 에너지가 몸속을 채우고 있어 나는 나를 수시로 어쩔 줄 몰라했다. 〈캐리〉에서처럼 눈빛으로 물건을 움직일 수도 있을 것 같았다.

욕구가 충족되고 있다는 흥분과 더 큰 욕구불만이 나를 자다가도 눈뜨게 만들었다. 칼로 뚝 자른 듯 잠에서 깨어나, 누가 조종하는 것처럼 몸을 일으켜 노트북을 켰다. 수 년 동안 지금만을 기다려왔다…… 어떤 청탁이 들어오더라도 심심하게 쓴 시 같은 걸 주지는 않겠다…… 새벽에 물 마시러 나온 가족이 방문을 열었다가 놀랐다. 되게 푹 잔 것처럼 얼굴이 좋아 보인다고 했다.

그런 걸 초심이라고 이름 붙인다면 한편으로는 초심을 잃는 것도 나쁘지 않겠다 싶다. 약물중독자의 주체할 수 없는 안광 비슷한 게 눈에서 번쩍였다. 시집 출간을 앞두자 에너지덩어리는 더 맹목적으로 불어나고 있었다. 정신적 출산을 위해 부풀어오르는 배 같은 것이라고 말할 수 있을까. 아무튼 나는 진정해야 했다. 적당한 것으로는 진정할 수 없었을지도 모른다. 다행히 발레는 적당하지 않았다. 클래식 음악을 들으며 전신을 걸레짝처럼 쥐어짜는 행위는 내가 어디 사는 누구인지를 하얗게 잊어버리게 했다.

살면서 육체 활동으로 자신을 잊고자 하는 어떤 시도도 먹히지 않았는데 발레만큼은 달랐다. 겪어보지 않은 이들은 짐작할 수 없을 거다. 나도 그랬으니까.

음악이 나오고, 몸을 천천히 움직이고 있는 모든 시간에 편한 순간은 없다. 근육들은 최선을 다해 순리를 거슬러야 한다. 불가능한 방향으로 뻗어나가야 한다. 예를 들면 두 무릎이 정확하게 양 옆을 볼 수 있도록 다리가 돌아가야 한다든가. 발목이 마치 다리미로 다려진 것처럼 매끈하게 휘어져 발끝과 다리를 일자로 연결시켜야 한다든가. 가만히 서 있을 때조차도 중력을 거역하는 마음으로 전신에 힘을 준다. 위로, 위로 올려붙인다.

하루에 한 시간 나는 처절하게 우아해졌다. 애초에 우아함이라는 것이 동경해온 자질도 아니었건만 이 움직임을 우아하다고 볼 수 있는지 기이한 의문이 들었다. 플리에, 데가제, 퐁듀라는 예쁜 이름의 동작들, 그러나 실상은 뽑혀나가기를 온몸으로 저항하는 채소밭의 무, 과녁을 향해 뛰쳐나가려 하는 손아귀의 화살, 한 사람의 무게를 어떻게든 지탱해야만 하는 침대 밑 가냘픈 스프링 되기……인 묘기들. 전혀 쉽지 않아. 전혀 여유롭지 않아. 이 최종 병기 훈련, 잘도 예술이라고 향유되어왔구나. 분홍색 실크 신발과 하늘거리며 펼쳐지는 저 스커트들이 나를 조롱하고 있어. 저것들은 거짓말쟁이다. 땀자국이 기다랗게 난 레오타드를 입고 숨을 몰아쉬면서, 구석에 쓰러져 생각했다. 근데 아름답긴 하다.

그렇게 '취발인'이 되었다. 취미 발레를 하는 사람이라는 뜻이다. 과장을 보태서, 내게는 철권의 새 캐릭터로 뽑히기 위해 수련하는 견습생의 총칭 정도로 느껴진다. 일 년 정도 꾸준히 하다보니 레오타드 가짓수가 늘어나고 다니는 학원도 두 곳이 되었다. 발레를 가르쳐주시는 선생님 중 한 분은 나긋나긋한 목소리로 '쉬는 근육이 없어야 한다' '쥐가 나는 것은 정상' 등의 지도 말씀을 전한다. 다른 선생님은 호쾌하고 유한 성향이고, 과학실의 인체 모형에서처럼 근육의 결이 보일 듯 단련된 몸을 갖추고 있다. 나는 두 분 모두를 닮고 싶다.

수업이 끝나면 메모장에 교습 일지를 적는다. 중학생 아들이 있는 학원 언니와 친구가 되어 이런저런 일상을 나눈다. 취발인 커뮤니티에도 가입했다. 책상에 앉아 있다가 팔뚝이나 허벅지를 한번씩 잡아보고 살이 단단하다는 생각에 혼자 웃는다.

발레는 모든 불가능으로 벽을 세운 운동 같았다. 발등이 갈고리처럼 휘어지는 것, 불가능해. 발끝으로 서는 것, 불가능해. 여유로운 표정과 시선, 불가능해. 다리를 코까지 드는 것, 회전시키는 것, 일자로 찢는 것, 모두 불가능해. 요구하는 그 어떤 동작이든 불가능해. 프로가 되는 것, 당연히 불가능하지. 나는 거대한 불가능에 압도되어서 허우적거리지만 음악은 멈추지 않고, 불가능 앞에서 함께 움직이는 사람들도 멈추지 않는다. 별수 없어. 나도 계속하는 수밖에. 그러면 백 퍼센트 불가능하던 것이 구십구 퍼센트, 구십오 퍼센트 정도로 불가능하게 되는, 묘하게 불가능의 내구도가 낮아진다는 느낌을 받을 때도 있었다. 그럼에도 대부분의 요소는 여전히 압도적으로 불가능하고, 이런 것을 좋아하면서 계속 하고 싶어하는 나의 마음 또한 불가해하다.

  가능성 없는 일에 열중한 적은 거의 없다. 그것이 상태가 아니라 동작의 종류라면 더욱 그렇다. 어느 시점에서 나는 내 무의식에게 규칙을 정해주었다. 원하는 것은 웬만하면 이루자. 그러니 이루어질 만한 소원만 갖자. 더이상은 좌절하고 싶지 않아. 더는 포기하고 싶지 않아. 망한 것 같은 기분을 느끼는 데에는 지쳤어. 그런데 어째서 이다지도 '절대 불가능'한 일에 체력을 쏟고 있는 걸까. 혹시 이것은 음지의 꿈이 아닐까. '영원히 가능'한, 영원히 가능하기를 희망하는 창작욕의 반대편에서 균형을 맞추고 있는 정화조가 아닐까. 이 정화조는 차오를 리 없는 블랙홀 같다. 무엇을 쏟아부어도 내 눈에 보이는 것은 없다. 검은 구멍이 말한다. 반대편의 너는 끝없이 글쓰기에 정신을 쏟으니까, 나도 여기서 끝없이 네 육체를 잡아당겨주마. 내게 더 열중해라. 그래도, 아니 그래야 너를 잃지 않는다.

무한의 에너지 배설 구멍.

가능한 한 오래 발레를 하고 싶다. 부상 없이 재미있게 하고 싶다. 노인이 되어서도 하고 싶다. 아이를 낳게 된다면 시키고 싶다. 엄마가 같이 발레를 해주었으면 좋겠다. 내 주변의 모든 사람이 발레를 좋아했으면 좋겠다. 원인을 알 수 없는 강렬한 바람들이 역설적으로 가리키는 것은 차마 내가 입 밖으로 꺼내기 무서워하는 진실인지도 모른다. 첫 책은 무사히 출간되었고 그해의 나는 발레를 붙들고 애쓰느라 많은 것을 잊었으며 제자리로 돌아올 수 있었다. 다행이었다.

3

월

14

일

시

그래도 화이트데이 분위기 내면서 읽을 만한 거 있으니 다행이다.

그러고 보니 난 한 번도 사탕을 누구 주거나 한 적이 없었던 것 같은데.

어린 사랑의 시

일단 망설여

그러지 않고는 지나갈 수 없는 숲이야

숲이라고 불러도 좋은 숲일까

(민들레 줄기 아래 버섯 도토리 산양과 면양을 좇는 너구

리 뱀 고라니 느긋한 멧돼지 곤줄박이 잘 모르는 비죽새 그

런)

설명은 한없이 길어질 수 있다

그런 게 밤이고 구름이고

숲 해설가들의 습성이니까

멈추지 못하면서 한마디도 고를 수 없게 되는 것

엽서 앞에서 촉이 짧은 만년필을 들고

어떻게 두드려야 할까

굳어가는 것

토끼

부드러우며 갑작스럽게

제비꽃

작고 또렷하게

그림을 그렸다

당신이 눈치챌까?

나는 몰래가 되고 싶었다

아니다

깜짝이 되고 싶었다

우리는 근사한 미술관을 많이 알았다

두 팔로 안을 수 없는 꽃다발을 나눠 가졌다

그러나

고작 엽서 한 장으로

나는 절망 비슷하게 수줍었다
숲이 처음인 것처럼
하지만 정말로 처음이었다

그림은 그림으로 굳어가는데
그림 밖에서 부스럭거리는 어린애처럼

도마뱀
어떻게 되어도 상관없다는 듯 마구

빛이 잎사귀 틈을 헤집는다
숲은 진동한다
사실은 가만히 있고 싶다
숨어 있기로 했잖아요
불시에 튀어오를 거라고 했는데요
그런 곤충과 짐승을 함께 안고서
누구의 편도 들지 못하고

어쩌지 못하고 숲인
숲이 아니어도 좋을

종이
그토록 울창해질 때
나를 조금 꺾어서
도려내어 만드는

깨끗한 엽서
그랬었다
이제 여기서 나는 최대한 쉽다
쉬운 사람이라는 것이 무섭지 않다
시인도 평론가도 고급 독자도 아닌 내 사랑을 위해
사랑을 사랑이라고만 부르며

오해 없이
간단하게

숲으로 들어가는 편을 택한다

무섭지 않다

토끼를 닮은 구름이

머리 주변에서 작게, 노크를 하고

첫

밤이 들어온다

안녕

간지러워하며 당신이 웃는다

큰일났어

어떻게 해도 지나갈 수 없는 숲이야

3

월

15

일

에세이

사실은 같이 공포영화 보러 다닐 친구를 찾고 있어요.

대가리 꽃밭

나의 오른쪽 날개뼈에는 꽃 화환을 쓰고 드레스를 입은 고양이가 그려져 있다. 얼핏 보면 유성 매직으로 낙서한 것처럼 생겼다. 이 고양이의 정체는 매기다.

매기에 대해서는 잘 모른다. 갈매기가 많은 바닷가에서 데려왔댔나, 갈매기 고기를 먹다 데려왔댔나, 타투숍에서 들었는데 기억이 희미하다. 매기는 푸른 눈과 갈색 털의 고등어 무늬 고양이이고. 사람이었으면 배우 신성록을 닮았을 법한 직선형 눈꺼풀을 가졌다. 매기는 나이가 많았고 몸이 아팠다. 매기를 기르던 분은 매기의 치료비를 모으고자 매기 얼굴이 들어간 타투 도안을 그리기 시작했다. 캡틴 마블 매기, 춤을 추는 프란시스 하 매기, 노란 츄리닝을 입은 킬빌 매기, 파이프를 문 해군 매기, 여러 매기들 가운데 꽃으로 범벅된 매기 그림을 보는 순간 이것이야말로 오랫동안 내가 바라온 고양이 도안이었음을 직감했다. 그건 미드소마 매기였다.

〈미드소마〉는 기이한 영화. 아리 애스터가 만들었고 플로렌스 퓨가 출연했다. 아리 애스터에 대한 마음은 양가적이다. 이렇게 이상한 영화를 만드는 감독이 있다니. 하지만 당신이 다시 영화를 만들어 내놓는다면 그게 무엇이든 꼭 보고야 말겠어. 〈미드소마〉 이후의 차기작은 작년에 나왔다. 나는 개봉 첫날 그것을 보러 갔다. 상영관에는 나 같은 사람들이 많은 것 같았고, 세 시간쯤 되는 영화가 끝나자 황당함의 탄식이 여기저기서 터져나왔다. 하지만 나는 알고 있다. 저 사람들은 아리 애스터의 다음 작품도 보러 갈 사람들. 어쩌면 그다음 작품도. 아, 정말 짜증나. 저 찌질이 백인 감독. 머릿속에 도대체 뭐가 든 거야. 하지만 당신은 사랑받기 위해 태어난 사람입니다. 당신은 굿이에요. 당신은 그레이트해요. 살아 있는 동안 계속 전 세계의 사람들을 괴롭혀주시길 바랍니다.

아무튼 〈미드소마〉, 이 영화에 대해서는 어떻게 말해야 할지 어렵다. 설명하자면 지상 낙원 같은 아름다운 스웨덴의 마을에서 꽃에 둘러싸인 채 죽임당하고 헤어지는 영화다. 경악스러운 장면들 위로 꽃을 잔뜩 뿌려 덮고 하하 호호 손잡고 춤추는 영화다. 그 마을 사람들은 그런 곳에서 태어나 그런 사람으로 자라고 그런 방식으로 죽는다. 그건 그들이 공유하는 철학이다.

주인공 여자는 일반적인 도시의 상식에 적응해 살아가는 외지인이다. 개인사로 감당할 수 없는 슬픔이 생겼지만, 이것을 어떻게든 감당해보고자 애쓰는 평범한 사람. 마을에 오기 전까지 여자는 내내 운다. 자신처럼 울어주지 않는 연인 때문에도 운다. 그러나 결국은 색색의 꽃에 파묻혀서 모든 것을 내려놓고 웃게 된다. 나는 그게 싫지 않았다.

웃음은 나의 좋은 친구이자 방패다. 언제부터 그랬을까. 어렸을 때 사진을 보면 웃는 사진이 별로 없다. 아이답지 않게 인상을 많이 쓰고 있어서 인상파라고 불렸다던데. 지금은 남 앞에서 웃지 않는 내 얼굴을 상상하기가 어렵다. 나는 싸울 때조차 웃는다. 그러려고 노력하는 건 아니다. 사람 앞에서 내 눈가와 뺨 근육은 그렇게 움직이도록 프로그래밍되어 있다고 봐야 한다. 웃음으로 어색함 지우기. 웃음으로 강한 척하기. 웃음으로 친한 척하기. 웃음으로 위로하기. 웃음으로 난처함 숨기기. 웃음으로 슬픔 참기. 어제는 그런 일도 있었다. 사람이 많은 롯데리아에서 햄버거에 커피를 시키고 앉아 있었다. 소소하게 자랑스러운 것 하나. 나는 햄버거를 주문할 때 소스를 전부 뺀다. 그리고 탄산음료를 커피로 변경한다. 그러면 건강한 한끼를 먹는 듯해 착각일지언정 기분이 좋다. 아무튼 어제도 그런 식으로 건강한 버전의 새우버거를 먹었다. 다 먹었다. 커피는 조금 남아 있었다. 새벽이었고, 가게는 첫차를 기다리는 사람들로 붐비고 있었고, 나는 택시를 잡아야겠다고 막 마음을 바꾼 차였다. 택시는 좀처럼 잡히지 않았다. 나는 두 개의 택시 어플을 번갈아 켜면서 호출 버튼을 눌러대었다. 그때 여기 앉아도 돼요? 하고 한 외국인이 말을 걸며 나의 앞쪽 의자를 뺐다. 나는 그를 보며 조금 웃었다. 그는 손으로 내 쟁반을 가리키며 웃었다. 다 먹었는데, 여기 기다리는 사람들 많은데. 나는 웃으며 대답했다. 택시가 잡히지 않아서요. 그는 자신의 아이를 내 앞에 앉혔다. 아이는 귀엽게 생겼다. 나는 아이를 보며 활짝 웃었다. 아이와 이야기를 하는 동안 외국인은 의자를 몇 개 더 가져와 나의 테이블에 놓았다. 그리고 햄버거를 시키러 갔다. 나는 소리쳤다. 잠시만요, 지금 포장하시는 거죠? 외국인은 먹고 간다고 했다. 나는 더 크게 소리쳤다. 지금 뭐 하시는 거예요? 나도 다 안 먹었다고요. 왜 여기에 앉아서 드시겠다는 거예요? 나도 돈 내고 여기 앉아 있는 건데? 사람들이 이쪽을 돌아보았던 것 같다. 외국인은 뭐 이런 게 다 있냐는 표정을 짓고 아이를 데리고 나갔다. 나는 그 사람에게 불쾌감을 주었다. 아니 어쩌면, 그는 불쾌하지 않았을지도 모른다. 그는 자리를 둘러보고 타깃을 정해 안 되면 말고, 식으로 접근했을 뿐일지도 모른다. 거기다 대고 내가 웃어버려서 이젠 됐다, 마음속으로 생각한 차였는데 그 생각이 배반당했을 뿐일지도 모른다. 그는 자신의 예상을 뒤엎은 내게 표정으로 유감을 표하고 떠난 걸지도 모른다. 불쾌한 건 나일지도 모른다. 그래.

나는 결정적인 순간에 웃음을 지우고 기대를 배반한다. 웃음을 믿고 들어오던 사람들 앞에서 문을 닫아버린다. 그런 데에서 쾌감을 느끼는 인간 같은 건 없다고 믿는다. 그런 인간이야말로 나빴다. 나는 그런 인간이 아니다. 정말이지 충분한 언질을 주고 싶다. 즉각적으로 시그널을 보내고 싶다. 안 돼요. 싫어요. 하지 마세요. 그러나 내 컴퓨터는 느리다. 감정을 입력한 것이 바로 얼굴에 출력되지 않는다. 때론 감정이 입력되는 것조차도 더디다. 이게 뭐지, 이건 무슨 감정이지, 그럴 때 편하게, 화면 조정중입니다, 띄워놓듯이 나는 웃는다. 별생각 없을 때도 화면보호기처럼 미소를 띄우고 사람을 본다. 선생님은 원래 그렇게 웃는 상이에요? 직장의 동료가 물어보았던 적 있다. 처음으로 항우울제를 처방받아 먹고 있던 시절. 그 시절 내게 웃음이 있어 얼마나 다행이었는지 모른다. 혼자 남아서 휴대폰 카메라에 비춰보는 얼굴은 상한 연근조림 같았다.

사실 나는 대가리 꽃밭이라는 말이 좋았다. 대가리 황무지, 대가리 폐쇄병동, 대가리 지뢰밭 아니고 꽃밭이라는데. 그런 사람의 대가리라면 얼마든지 놀러가고 싶지. 그런 사람과 친구하고 싶어. 침울하고 화나서 이불 속에 들어갔다가도 한숨 자고 일어나 달고 시고 짜고 매운 거 먹으면 미리에 또 꽃이 피는 사람. 누가 똥을 던지고 가도 거름이다, 고마워, 답하는 사람. 때로는 일부러 꽃줄기를 빽빽하게 세우고 거기로 숨을 줄도 알면 좋겠어. 매력적이야. 나는 그런 사람으로 보이길 원해서 웃기 시작했는지도 몰라. 웃다보면 누군가, 이런 분이 어떻게 그런 글을 쓰시는 거예요? 같은 말을 해줄 때가 있었는데. 속으로 기분이 좋았다. 내가 열심히 가꾼 정원이 남 눈에도 보이기 시작하는군. 한때 이건 다 죽어가는 걸 티내고 싶지 않아 붙이는 조악한 조화이기도 했는데. 요즘은 얼마간 느끼고야 만다. 이건 생화다. 나는 이제 건강한 토양이다. 새 시대가 올지도 몰라. 생활에도 글에도. 이런 기분은 영원할까. 아마 아니겠지. 누군가 얘는 이런 애구나, 판단을 마치고 내 앞에 있는 의자를 빼 앉는 순간 나는 돌변하고 말겠지. 그러나 중요한 것은 현재다. 지금은 꽃피기 쉬운 때. 정원에 사람을 초대하기 좋은 때. 좋아하는 사람들을 부르고 싶다. 사과하고 보답하는 마음으로 내가 가진 것을 꺾어주고 싶다. 잠깐이면 잠깐인 대로 이 날들을 즐기고 싶다. 영원한 가짜 아닌 화악 시들어버리는 진짜의 마음으로.

죽음과 슬픔이 널린 도시를 꾸밀 것이다. 오늘 나는 막연
하게 자신이 있다.

3
월
16
일

시

거짓말

나는 오래 낙심한다
자기가 누구인지 모르는 물고기를 위해

투명 취급
아니면 특별한 취급을 받을 수 있지
유리로 된 물고기에게는 둘 다 쉬웠지만
어느 쪽도 진실은 아니지

사람에게 어려운 것
예를 들면
수치
상해서 냄새나는 마음
지나친 수준의 뜨겁고 차가운 말

유리 물고기는 아무렇지 않게 주워 삼켰어

잘디잘게 분해시키는 과정

우리는 다 볼 수 있었는데

유리 물고기는 유리란 것을 몰라서

자신이 무엇으로 이루어졌는가 도대체 알 수가 없어서

괜찮아

맛있다

행복해

라고 말하네

눈을 동그랗게 뜨고

방금 근사한 선물을 받았다고

다정한 식사에 초대받았다가 오는 길이라고

물고기를 사들인 사람들이 낄낄거리며

이애의 겉을 봐

이애의 속을 봐

나쁜

더 나쁜 것을 던져주었다

웃음에 둘러싸여

잘하고 있다는

스스로 견고하다는

믿음

그 얄팍한 유리 조각을

나는 아무것도 묻지 않고 한번 만져보았다

3

월

17

일

에세이

살아 있는 동안에 꼭 만나고 싶은 사람에게

90세 전후의 김미정 혹은
김미경 여사님을 찾습니다

기억 속의 김부치씨는 잘생긴 노인이었다. 동그랗고 큰 눈, 우뚝한 코, 갸름한 얼굴, 마른 체격에 가무잡잡한 피부를 가졌다. 조용하고 표정이 적었으며 가끔 안방의 화이트보드에 시를 썼고, 시쓰는 사람들이 그렇듯 몸 주변에 약간의 우울을 드리우고 살아가는 사람이었다.

현선녀씨는 어떤가 하면 반대였다. 얼굴이 하얗고 이목구비가 순한 조선시대 미인상이었다. 말소리가 크고 빨라서 밥 먹었냐는 물음만 해도 집안에 벼락이 내리는 것 같았다. 쇼미더머니에 나오는 어떤 MC와 견주어도 이길 듯이 대화했으나 해맑고 사랑이 많고 순수한 분이었다. 두 분은 경상북도 경산시 남산면의 양옥집 옆에서 과수원을 하고 벼농사도 지으며 살았다.

김미향씨는 아버지 쪽의 피를 많이 물려받은 큰딸이었다. 경상도 장녀. 여자도 배워야 한다고, 특히 여자대학교에 갔으면 좋겠다고 김부치씨가 강하게 주장하였기에 대구에 있는 효성여대에 진학했다. 야학 선생으로도 잠시 일했다. 눈이 크고 말을 잘 하지 않는 편이라 즈그 아버지 닮아가지고, 쯧쯧쯧, 하는 핀잔을 들을 때도 있었다, 연애에는 별 재능이 없었다. 이렇다 할 로맨스도 없이 밀어주는 대로 결혼을 했고 고향을 떠나 서울살이를 시작했다. 그리고 내 엄마가 됐다.

서울아산병원 근처에 살게 된 딸 덕분에 말년의 김부치씨는 췌장암 치료를 조금 편하게 받을 수 있었다.

내가 고등학교 삼학년이던 한 해 동안 외할아버지는 우리집에 머물렀다. 외할아버지가 많이 안 좋으셔, 그런 이야기는 절반쯤 엄청난 실감을 주었고 나머지 절반쯤으로는 성립조차 불가능한 사건의 느낌을 주었다. 외할아버지의 몸이 어느 정도 나무뿌리처럼 보였기 때문이었다. 인간의 움직임 속도, 인간의 피부 질감, 인간의 눈빛, 그런 것들을 조금씩 떠난 채 외할아버지는 초연하게 소파에 앉아 있었다. 인체에 깃든 식물처럼. 어쩌면 영원히 살 것 같았다.

*

"……죽었다, 그러는 거야."

투병 생활이 이어지던 어느 날에 엄마는 아빠에게 무엇인가를 말하고 있었다. 재미있는 것을 발견한 눈치였다. 엄마가 죽음을 입에 올리며 즐거워할 수 있는 사연을 나도 알고 싶었다. 옆에서 같이 들어본 이야기는 대략 이랬다.

김부치씨는 6·25 직후 헌병이 되어 군생활을 했다. 당시 수도방위사령부는 서울 남산골에 있었으므로 경상도에서부터 꽤 먼길을 떠나와 입대해야만 했다. 그는 그곳에서 어찌저찌하여 한 여자와 교류하게 되었다. 두 사람은 마음이 맞고 대화가 통했지만 전역 후 헤어질 수밖에 없었다. 김부치씨는 그대로 귀향해서 가정을 꾸렸다.

이화여자대학교를 다녔고 이름이 김미정인지 김미경인지, 언뜻 본 편지 속의 글자가 흐려져 잘 알아볼 수는 없지만 아마 미정이었던 거 같다고, 엄마는 기억을 되짚었다.

김부치씨는 그분의 편지를 성경책에 끼워 넣고 다녔다. 김미향씨가 보기로는 다소 어이가 없기도 했다. 그래도 사실을 알았을 땐 이미 아버지 나이가 노년이었으며, 정반대 성향인 현선녀씨와의 삶을 가까이서 지켜본 바 있으니 그 마음을 아예 이해 못하는 것도 아니었노라고 했다.

"그래서 장인어른이 당신 이름을 김미향으로 지은 거 아니야?"
"아니야!"

그렇게 좋았으면 결혼하지, 왜 안 했어요. 딸의 물음에 김부치씨는 이렇게 설명했단다. 그 여자를 우리집에 데려와서 고생하게 할 수는 없었다고. 서울 남산에서 경상북도 경산시 남산까지, 그 먼 시골로 내려오게 하여 성격 괴팍한 아버지, 어머니 밑에서 시집살이를 시킬 수는 없었다고.

그럼 뭐, 우리 엄마는 고생시켜도 돼? 딸 입장에서는 황당할 수밖에 없는 이야기였다. 사위와 손녀 입장에서는 재미없을 수 없는 이야기였다.

아무튼 생의 마무리를 앞둔 김부치씨께서 그때 그 여인을 찾고 싶어하신다는 것이 그날 이야기의 핵심이었다. 그 말을 전에도 지나가듯 한 적이 있었는데 다시 한번 진지하게 부탁해왔다고 했다. 이번에는 현선녀씨가 함께하는 자리에서.

현 여사께서는 쿨하게 한마디만 하셨단다. 그 여자도 벌써 죽었다.

김미정 혹은 김미경

2024년 기준 팔십대 후반~구십대 초반 추정

이화여자대학교 졸업

서울 남산골(현 남산골 한옥마을) 거주 이력

"한번 찾아볼걸 그랬나, 후회되더라고."

시간이 지나고 나서 엄마는 외할아버지의 이야기를 귓등으로 들은 때가 있었다며 아쉬워했다. 예를 들면 저 혼자만 살겠다고 한강 다리를 끊은 이승만에 대하여 외할아버지가 말하고 또 말할 때 아버지 그 얘기 좀 그만해요, 예, 예, 같은 대답밖에 못한 것을.

그러게. 나 같으면 거동이 좀 어려우시더라도 한옥마을 관광 정도는 시켜드렸을 것 같아. 옷도 말쑥하게 입혀드려서 말이지. 하필 또 서울에 왔잖아. 살면서 가슴에 묻고 지낸 분이 살았을 서울……

그러나 그때 난 어렸고, 외할아버지랑 친하지도 않았고, 소중했던 이가 보내온 편지를 죽을 때까지 성경책에 끼워 놓는 심정 같은 건 알 수도 없었겠지. 성경책은 유품이 되어 외할아버지의 여동생에게로 갔다. 결국 나는 그 편지를 구경하지 못했다. 그것을 읽은 엄마로부터 몇 줄 내용만 전해 들었다.

"여기도 남산이고, 거기도 남산이잖아. 그러니까 내가 보고 있는 이 달이 거기에도 뜨겠지요, 그런 구절이 있었어. 참 시적이지 않니?"

외할아버지에게는 그런 대화를 할 사람이 필요했겠지. 아마도 사는 내내.

*

나는 생각한다. 그래도 외할아버지는 선방한 편이야. 엄마를 낳았잖아.

김미향씨는 김부치씨와 한번씩 편지를 주고받았다. 친정에 내려가게 되면 새벽까지 조곤조곤 이야기를 나누었다. 시끄럽다, 잠 좀 자자, 자다 일어난 현선녀씨가 핀잔을 주었다.

외갓집 거실에 걸 가족사진을 찍으러 간 날 엄마는 속상해했다. 김부치씨, 현선녀씨가 의자에 앉고, 가운데에 장손, 그 뒤에는 장남 부부, 그 뒤에는 딸들, 그 뒤에는 손녀들이

섰다. 나는 의미도 모르고 시키는 대로 사진의 맨 뒷줄 끄트머리에 가서 눈이 보이지 않을 정도로 웃었다. 엄마는 단지 내가 너무 못생기게 나왔다고 불만스러워했다.

왁자한 식구들 사이에서 외할아버지는 가만히 있다가 엄마에게 편지를 썼다. 서울로 돌아온 엄마는 우편함에서 편지를 꺼내 읽으며 울었다.

나도 가끔은 날 낳고 싶었다. 나를 나만큼 잘 아는 내가 헤아려주고, 말동무를 해주고, 편지를 써주고, 같이 배달음식을 시켜 먹고, 술을 마시고, 꼭 안고 재워준다면 좋을 텐데. 나의 작은 제스처마저 틀리지 않고 파악하는 친구이자 보호자이자 사랑 쓰레기통을 갖고 싶었다. 사랑 쓰레기통, 말이 좀 그런가? 내게 사랑은 양 조절에 실패한, 그다지 훌륭하지도 않은 요리와 극도로 소심한 요리사를 세트로 떠올리게 한다. 누구 주기에 망설여지는, 그러나 스스로를 괴롭힐 정도로 뿜어져나오는 사랑을 전담해줄 그릇이 필요하다. 큰 그릇. 재질은 둔하고 튼튼한 걸로. 못 견디면 안된다.

앞으로 누가 나를 견디지, 아마 내가 나를 견디겠지. 그런데 난 어떻게 만들까. 엄마한테 물어보아야 하나. 그런데 엄마도 엄마 같은 딸을 낳지는 못했네.

보낸 시간: 2004년 2월 12일(목요일) 2:18 오후
제목: 아버지 축하해요.

아버지,
노인대학에서 수료생 대표로 수료하셨다면서요?
미화한테 들었어요.
꽃다발 주는 사람도 없이…… 그런 좋은 자리에 미화랑 남서방이라도 좀 부르지 그랬어요.
가까이 있었다면 꼭 가서 사진도 찍고 했을 텐데……
아버지는 능력에 비해 못한 게 너무 많다는 생각을 자주 한답니다.
늦었다 생각하지 마시고, 하고 싶으신 것 뭐든 다 하세요.
나이는 숫자일 뿐이라는 말 많이 들으셨죠?
열심히 사시는 아버지가 자랑스럽습니다.
2004. 2. 12. 큰딸 드림.

—예쁜 편지지에 메일을 보내세요— 야후! 메일

　노인대학에 다니면서부터 김부치씨는 김미향씨에게 이메일을 자주 보냈다. 컴퓨터 쓰는 법을 배우고 있다며, 메일이 잘 전송되는지 시험하는 중이라며 「미꾸리」라는 시를 적어 보내기도 했다. 유년의 자작시로 국민학교에서 뽑혀 상을 받았던 작품이었는데 팔십이 다 된 김부치씨는 여전히 시 전문을 기억하고 있었다. 엄마는 내게 그 시를 보여주고 싶어 사용하던 전자우편 보관함을 모두 뒤졌으나 결국 찾아내지 못했다.

　어렸을 때 외가에 놀러가면 화이트보드에 쓰인 시를 고치면서 놀았다. '황금빛 머리' 같은 시어가 있으면 '황금빛 대머리'로 바꿔놓고 사촌 형제들과 킥킥거렸다. 그럴 때도 외할아버지는 나무 인간처럼 표정 없이 서 있었다. 어른들이 우리의 장난에 웃는 동안 엄마만이 그런 짓 하지 말라고 화를 냈다.

대학 신입생 때 학과 문집에 시를 실었다가 내 시에만 오타가 난 것을 발견한 적 있었다. '딸기와 토마토'가 '기와 토마토'로 출력된 것을 보고 나는 목소리가 떨릴 정도로 화가 나서 학생회장 선배에게 전화를 했다. 학생회 사람들은 일일이 문집을 펼쳐서 '딸' 자를 적어넣는 수고를 해야 했다.

외할아버지가 살아 계셨으면 참 기뻐했을 것 같아. 신춘문예에 당선되던 해에 엄마는 몇 번 말했다. 그건 엄마가 말하기 전부터 내 머릿속에 엷은 네온사인으로 설치되어 있던 문장이었다.

2013년 3월 17일, 김부처씨는 긴 여행을 마치고 돌아갔다. 꼭 보고 싶었던 친구는 만나지 못했다. 그래도 눈에 보이거나 보이지 않는 여러 가지를 놓고 갔다. 그중 나에게만 물려주겠노라고 당신께서 따로 정해둔 몫을 느끼고 있다. 첫째, 시를 쓴다는 것. 그리고 둘째, 당신의 소원을 잊지 않는다는 것. 2024년 3월 17일이 되도록.

선생님이 계신 남산에도 내가 보고 있는 이 달이 뜨겠

지요.

　당신이 오랫동안 신의 말씀처럼 품었다던 구절이 지금 내게 와 있다. 기묘한 일이다. 나는 느끼고 있다. 자연 앞에서 경이로움을 느끼듯 이 세상에 없는 사람의 외로움 앞에서 한참을 앉아 있다. 그리고 어쩌면 아무것도 아닌, 실처럼 가느다랗게 이어졌을 뿐인 마음을 따라 한 사람, 또 한 사람…… 다음 세대의 삶이 뒤따라오게 되었음을, 그 행렬의 끝에 내가 있음을 깨닫는다. 덕분에 배우고 나누고 사랑할 수 있었다. 보고 싶은 김미정씨. 아직 이곳에 계시다면 내가 만나야 할 것 같다.

3

월

18

일

편지

읽고 있어?

나 작가 됐다. 책 쓴다. 웃기지?

괜히 시인이라고 말하기 싫어서 남들 앞에서 자기소개할 땐 작가라고만 해. 시인, 부끄럽잖아. 옛날엔 그렇게 되고 싶어했는데. 무엇이든 내 것이 되면 부끄러워. 그래서 나 일부러 시 안 쓰는 사람인 척 산다. 맨날 웃고 다니고, 말 많이 하고, 생활력 강한 것처럼 이것저것 보여주면서 살아. 아르바이트도 열심히 해. 말하고 보니까 너 만날 때랑 똑같은 거 같기도.

내 시 봤어? 괜찮다고 생각했지? 너는 그렇게 생각했을 거 말하지 않아도 알고 있지. 고마워. 그리고 미안. 나 솔직해질게. 나는 너의 시를 괜찮다고 생각해본 적이 별로 없어. 하하하. 메롱이다.

그래도 난 너의 시 보는 것을 좋아했어. 아지랑이 같은 말의 뉘앙스가 뭐가 뭔지 모르게 뭉쳐서 일렁거리는 매력이 있었지. 모호하고 슬픈 물빛 같은. 그래도 다시 시쓰진 마. 산문 써. 너 산문 진짜 잘 써. 소설도 괜찮고…… 나는 그게 좀 부러웠어.

시인이 되면 시만 쓸 줄 알았는데 이렇게 긴 글 써야 할 일도 자주 생기더라. 나 놀란 게, 시인들이 다 산문을 잘 써! 기절하겠어. 이럴 줄 알았으면 학생 때 일기 쓰면서 연습이라도 좀 해놓을 걸 그랬어.

최근에는 P 시인의 산문집을 다시 읽고 있어. 문장이 녹차 같아. 그중에서도 세작. 너도 좋아할 것 같아. 내가 기억하는 너의 문장은 김빠진 편의점 샴페인을 닮았는데. 이삼 년쯤 됐나, 너의 독후감 계정을 우연히 발견한 적이 있었어. 그때 놀랐지. 비유하자면 꽤 괜찮은 레드와인이 된 느낌이었어. 글에서 돌이랑 겨울 냄새가 나는 것 같았어.

이렇게 보는 내 문장은 어때 보여? 약간…… 캠벨 수프 같지 않니? 꾸덕하고, 짠 것 같은데 이걸 어떻게 해야 좋을지는 모르겠어. 좋아하는 사람도 있겠지만 많지 않을 것 같아. 어떻게 하면 괜찮게 차려낼 수 있을까. 물을 부어 끓일까. 속을 비우고 캔 껍데기만 남겨서 장식할까. 나는 고민해. 실은 누구에게 한 번도 나의 글을 자신 있게 내밀어보인 적 없다는 것이 가끔 날 슬프게 해.

그렇지만 이제는 이런 얘기를 못해. 해버렸지만. 보통은 안 해. 위로와 칭찬을 바라는 것 같잖아. 상대에게 어서 날 예뻐하란 식으로 마음을 갈취하려는 시도를 하는 거 같잖아. 그런 걸 자존감이랍시고 줍는 부류도 아닌데. 나는 여전히 이런 게 어려워. 나오는 대로 술술 말해놓고 아차 해. 차라리 아차를 하질 말든가. 이렇게까지 사람의 심연을 고려하고 싶어한다는 것도 버거워. 나는 그래서 그냥, 약한 소리 안 해. 자신감이 넘치기로 했어. 어때, 짱이지?

얼마 전에 제주도 가서 S 언니 만났다. 그 언니 결혼해. 좋은 사람 만났어. 취직해서 일도 씩씩하게 다녀. 문학은 끊었고. 갓생 됐어. 갓생.

언니랑 나 둘이 서귀포 밤바다를 보러 방파제가 있는 곳까지 걸었어. 뒤에서 형부가 자동차로 헤드라이트를 켜주었지. 안 본 사이 언니는 받는 게 익숙한 사람이 되어 있었어. 그게 너무 좋아서 울컥하기까지 했어. 나도 옆에서 안녕하세요, 형부, 나 당신이 귀히 모시는 여자의 친구입니다,

하는 마음으로 시원하게 신세 지고 왔다. 형부께서 우리 옆에서 운전하고, 돗자리 펴고, 뒷정리하고, 사고 친 거 수습해주는 동안 그저 재미있게 놀아제끼기만 했어. 지금 생각하니 민망하면서도 어쩌나 고맙고 기분 좋은지.

믿어져? 이렇게까지 다른 사람들이 되어 산다는 게.

솔직히 말하면 나는 과거를 잘 못 놓겠어. 그게 과거여서 너무 다행인데도 말이야. 어떤 사고로 인해 한 세계에 있던 우리들이 각자의 차원으로 갈라져버린 것 같아.

〈그대들은 어떻게 살 것인가〉 봤니? 왜가리 영화. 나 그거 진짜 재미있게 봤는데.

탑이 무너질 때 울고 말았어. 자기가 있던 곳으로 의연하게 돌아가버리는 사람들이 좋았거든. 그 미소가 기억에 남아. 악랄하던 새들도 다시 보니 그렇게 조그맣고 귀여울 수가 없었고…… 호불호가 갈린다고는 하더라. 그래도 이런 알듯 말듯 한 서사, 괜찮지 않니? 자기 자신을 원료로 썼기에 적당히 얼버무려야만 하는 이야기 같아서.

요즘도 책 계속 읽고 있어?

우리 열심히 읽었지만 사실은 말야…… 문학이 네게 간절한 꿈 또는 적성이었다고 느낀 적이 없었어. 너한테서 확신했던 재능은 따로 있었어.

너도 알 거야. 너는 사랑에 뛰어난 사람이었어. 타고났으면서 성실하기까지 했으니까. 비범했어. 그때까지 뭘 잘 몰랐던 나도 알 정도였어. 너 그쪽으로 난 사람이라는 거.

사실 옛날에 나 한번 시쓰기를 그만뒀었잖아. 회사 들어가서 남들처럼 잘 살아보겠다고. 당시에 그 선택이 그리 슬프지는 않았거든? 그런데 네가 사랑을 그만하게 된 것은 안타까웠어. 많이. 아주 많이. 응원하는 축구 선수가 다리를 다친 것 같았어. 그것도 나 때문에.

결국 우린 각자 잘하던 걸 붙잡고 행복을 구하는 사람들이 되었네. 그렇게 생각하면 마음이 좋아. 어떻게든 갈길을 찾고야 말았구나, 하면서.

난 아마 널 오래 생각할 거야. 그리움이 아니라 열등감을 견디며 살 거야. 널 부러워하고 널 만나던 나를 부러워할 거야. 내가 사랑을 잘한다는 확신을 가질 때까지.

난 사랑을 알고 싶었어. 사랑의 천재가 되고 싶었어. 누가 받아 들더라도 감탄하면서 긴 숨을 내쉬게 되는 사랑을 지으며 살고 싶었어. 내가 이루기에 터무니없이 큰 꿈이었지만.

있잖아, 미안하다는 말은 할 수 없어.

그러면 돌이켜야 할 무언가가 남아 있는 것 같잖아.

우리는 제자리에 있어. 다행스럽게도. 너도 이제는 그렇게 말하겠지. 다행이라고.

그게 느껴져. 그래서 편지글 같은 걸 써봐도 괜찮겠다고 생각했어.

내가 너무 있는 그대로 써서 불편하지는 않니?

미안해. 그렇다면 그만 읽어라. 이건 너에게 닿기 위해 쓰는 글이 아니야. 내가 나를 못 참아서 쓰는 글이야.

편지 정말 쓰고 싶었어. 아직까지 누구보다도 너한테 편지 쓰는 게 제일 편해. 네가 읽는다고 생각하면 할말이 스르륵 흘러가. 너도 알겠지만 나는 편지 쓰기를 좋아하잖아. 꽤 잘 쓴다고 자부하던 시기도 있었지. 옛날 책에나 나오는 연애편지 대필을 할 수 있었다면 인기가 좋았을 거라면서. 고객이 많았을 거라면서. 너무 자만하나? 그 정도까지는 아니었나? 아무래도 잘 보고 배웠다보니까. 선생님이 너무 훌륭했어.

고마워. 이 말을 못 했는데, 네 덕분에 나는 사랑을 잘 겪어본 사람이 됐어.

그래서 사랑 비스무리한 어설픈 것에는 입도 안 대는 사람이 됐어. 아니다, 사실 입은 좀 댔어. 얼마 못 가 뱉어서 그렇지. 못 견디겠더라. 진짜의 빛과 모양을 아는데 어떻게 유사품으로 만족하겠어. 그 때문에 욕도 먹고 후회하고 굶주리기도 했지만 요즘은 알 것 같아. 나는 양질의 사랑을 알아볼 거야. 만일 그런 걸 줍는 행운이 또 올 수 있다면 이번에는 절대로 놓지 않겠지.

이 얘기를 쓰기로 작정하고 조금 떨렸어.

오랜만이야. 너의 세상에서 쭉 행복해야 해. 나도 그럴게.

따뜻한 봄 보내.

2024년 3월

신이인

3

월

19

일

시

부적

당신, 슬픈 사람이네

손에 든 도마뱀 꼬리를 누군가 알아봐주었다

한때 이 꼬리의 주인을 매섭게 원망했지

나는 속았거나

버려졌다는 느낌을 참지 못해

화난 사람으로도 보였지

밖에 나가면 바닥 쪽으로 얼굴을 박고 돌아다녔다

다시 잡고 말 거야

꼭 찾아낼 거야 찾아서

심문하고

난폭하게 비틀어댄다 해도 이 꼬리가 다시 살아나는 일
은 없겠지

꿈틀거렸던 표정 심장 혓바닥을 꼭 쥐고
꿈틀거렸던 걸 기억할수록
이상하게도
산 것을 좇고 싶지 않았다
죽은 것들 앞에서는 마음이 편했다

마침내
내가 나한테 편해졌을 때
모두 내가 죽었다고 생각했을 때

새삼스럽게 고개를 들어
둘러보았다
도마뱀 도마뱀
태연히 지속되는 건물과 사람 안에서
보이는 얼굴들은 조금도 도마뱀이 아니다
누구도 아무도 더이상

도마뱀일 수는 없겠지
그런 세상에 살고 있었지

그애는 일생에 단 한 번 겪는 비극을 내게 주고 갔다
내 비극이 아니라
그애의 비극이었다

손아귀에 힘을 빼도 이것만큼은 도망가지 않는다
비극은 내가 편하다고 했고
내 귀에 대고 주인의 안부를 전하고
믿게 해주었다
곁에 남아주었다
그리하여 나
슬프지 않았다
슬플 리 없었다

3

월

20

일

노트

무제

뮌가 오해가 있을까.

속 얘기는 인기가 없는 것 같다고 추측해본다. 좋아하는 사람하고는 좋은 친구로 오래 지내고 싶으니까 속 얘기를 하지 말아야겠군.

그렇지만 속 얘기를 하지 못하는 사이는 친구 사이가 아니다. 그건 친구의 친구 사이다. 그럼 친구는 누구인가. 아마도 내가 내 친구지. 그런데 나만 내 친구인가? 만나는 사람이 이렇게 많은데 이중에 정말로 친구가 없는가?

하는 일이 같으면 친구가 될 수도 있지. 함께 무언가를 하고 그것에 대한 경험담을 나누고. 그것만으로 충분한 사람도 있다. 그들은 건강해 보인다. 나는 아니다. 오히려 반대다. 읽고 쓰는 일에 대해 모여서 말하고 싶지 않다. 특히 나의 글을 주제로 삼아서는 결코 말하고 싶지 않다. 이상하게도 그건 나에 대한 예의가 아닌 것 같다. 반대로, 상대를 포함한 누군가의 글에 대해 말하는 것 또한 예의가 아닐지 모르겠다는 생각을 하게 된다. 그러니 글에 대한 이야기는 할 수가 없다.

나는 요즘 듣는 노래, 여러 번 다시 보기 한 영화, 유행하는 쇼츠 얘기를 할 수 있다. 통하는 데가 있다면 오래 대화할 수도 있다. 그러나 이런 것도 내 얘기라고 할 수 있을까? 운이 나쁘다면 취향과 지식을 자랑하는 방향으로 대화가 흘러버리고 만다. 그러면 망한 것이다.

나는 근황을 묻고, 근황을 말한다.

이 이상 무언가를 말하는 것이 쉬웠는지 어려웠는지 알 수 없다. 한 번의 경험으로 나는 입을 다물겠다고 작정했다. 부정적인 이야기를 좋아하는 사람은 없다. 그러나 지금 나의 머릿속에 들어찬 건 납덩어리다. 나는 아랫배부터 머리끝까지 납덩어리로 꽉꽉 차버린 사람이다. 이 고백은 너무나 억울하다. 이건 나의 납덩어리가 아니었기 때문이다.

내 근황은 납덩어리였다.

나는 피해망상과 과도한 경계심에 묻혀 있었다. 이건 내 것이 아니었다.

나는 아름다운 시를 믿지 않는다. 그러나 믿으려고 노력한다.

나는 나쁜 사람이 아니다. 나는 당신을 친구라고 생각한다. 당신도 마찬가지였을 것을 안다. 그러나 당신에게 내가 나쁘다면 이대로 헤어지는 것이 좋다. 나는 당신을 괴롭히는 나쁜 사람이 되고 싶지 않다. 당신을 혼란스럽게 하고 싶지 않다.

최근에야 겨우 빠져나올 수 있었던 혼란을 누군가에게 전가하고 싶지 않다.

친구로 지내고 싶은 이 앞에서 어떻게 행동해야 하는지 알 수 없다.

친구로 지내고 싶은 이에게 납덩어리로 기억되었고 그로써 다시 기억을 고칠 기회를 받을 수도 없다는 사실이 두렵고 서럽고 답답하고 무엇보다도 억울, 억울하다. 그러나

친구로 지내고 싶은 이에게 진실되고 싶다.

나는 아무 일 없는 말간 얼굴로 끝까지 돌아다닐 수 있는 무시무시한 납덩어리가 아니다.

......

노트북이 무시무시한 소리를 내며 돌아가기 시작한다.

새벽과 잘 어울리는 소리다.

언젠가 데스크톱에서 나오는 이런 소리를 들으며 늦게까지 게임을 했던 것 같다. 게임은 정확히 십대 때에만 했다.

전자 기기는 무엇이든 어렵고 그렇게까지 잘 알고 싶지도 않다. 필요하다고 생각될 때 아무것이나 사들이면 그만.

이것은 2020년에 샀다. 내 첫 노트북. 구 년 동안 쓰고 있던 넷북이 시원치 않아 전자상가에 갔었다. 무엇이 무엇인지 알 수 없는 와중에 이것만은 익숙했다. 전에 사귀던 사람이 쓰던 노트북이었다.

단종된 제품이라 진열품뿐이라고 했지만, 나는 망설이지 않고 이것을 데려왔다.

3
월
21
일

시

제 시 그래도 읽을 만하죠?

『검은 머리 짐승 사전』(민음사, 2023)에는 이런 게 오십 편이나 실려 있답니다.

봄비

은색 홈통에서 검은 물이 흘러나왔다. 비가 내려서.

천장에 떨어지는 빗소리를 듣고 집에 살던 이들은 침묵
했다가 잽싸게 신발을 주워 신고 밖으로 나갔다. 우산을 챙
길 정신은 없었다.

비다. 비야. 새로 손질한 긴 머리카락이 젖고 드라이클리
닝만 해온 카디건이 젖고 진짜 가죽으로 된 신이 젖고 속옷
과 양말이 젖고…… 그들은 비참해졌다. 비가 내려서. 비
때문에 우리는 엉망진창이 되었군.

그들은 회상을 시작했다. 한때 그들은 대머리였고 옷은
입지 않았고 물에 녹지 않는 페인트를 발라 몸을 치장했고

미끄러지지 않는 고무 슬리퍼를 신고 녹색 옥상을 뛰어다녔다. 옥상은 깨끗하게 정돈되어 있었다. 막 내리는 투명한 비를 온전히 머금을 수 있도록 관리되고 있었다. 그들은 잘 닦은 리놀륨 바닥 위에서 하루도 빼놓지 않고 우우, 우우 소리를 지르며 춤을 췄다. 사람들은 경찰에 신고를 했다. 재미있는데, 그냥 두죠, 경찰이 말했다.

영원할 줄 알았던 기우제였다. 어쩌면 영원하기를 바랐는지도 모른다. 행복했으니까. 이런 행복한 마음으로는 몇 날 며칠을 빌어도 소용없어. 우리는 거짓된 소원을 빌고 있는 거다. 깨달은 그들은 곧 기우제를 그만두고 집으로 내려갔다. 남자, 여자, 부모, 자식이라는 역할을 정해 가졌다. 엄마는 전축을 틀고 요리와 청소를 했다. 아빠는 현관에 서서 자랑하듯 넥타이를 매고 끌렀다. 아들은 농구를 하고 해외 축구를 보고 울부짖는 남성 발라드를 들었다. 딸은 네일을 하고 다이어트 약을 사고 애프터눈 티 세트를 먹으러 갔다. 모두의 옷과 모발이 풍성했다. 하나도 괴상하지 않았다. 하나도 잘못되지 않았다. 쩍쩍 말라붙은 땅 위에 아름다운 가정이 원활하게 구르기 시작했다. 옥상은 폐쇄되었다. 거기에 뭐가 자라고 있는지 뭐가 썩고 있는지 뭐가 소리치고 있는지는 알 수 없게 되었다. 옥상은 언제나 그들의 위에 도사리고 있었지만.

홈통에서는 끝도 없이 검은 물이 흘러나올 것 같았다.
사람들이 그것을 구경했다.

비가 점점 더 거세어져서 마침내 물의 색깔이 맑아지기 시작했을 때 에이, 이제 재미없다, 누군가 말했다.

에세이

수상한 취미가 있는 사람에게

구인 공고
—귀 가려우신 분 상시 모집합니다

    귀를 좋아한다고 하면 어쩐지 특이한 취향을 가진 것처럼 보이겠지만, 사실이다. 사람을 만나면서 주의깊게 그리고 들키지 않게 의식하는 부분이 귀다.

    귀에 관한 미적 기준을 갖고 있다. 개인적으로 아름답다고 생각하는 귀는 좁고 날렵한 귀. 귓불이 분리되지 않고 턱선에 가파르게 붙어 있는 귀를 좋아한다. 어떤 이유에서인지 이런 귓불을 잘라 둥글게 만드는 성형 수술이 있어 충격을 받기도 했다.

    외곽이 동글동글하기보다는 베트남 쌀처럼 긴 모양의 귀에 눈이 가고, 끝이 뾰족해서 눈썹까지 올라오는 귀를 특히 귀여워한다. 이런 귀는 모자를 쓰면 매력적이다. 모자 선

위로 솟은 귀 끝이 더듬이 같아서 괜히 툭 건드려보고 싶게 만든다.

보통 사람들 앞에서는 여기까지만 말하는데, 사실 나는 귀의 외부보다 내부를 더 좋아한다.

해명부터 하자면 나는 사람의 몸에 뚫린 구멍을 닥치는 대로 궁금해하는 종류의 변태가 아니다. 내 관심사는 오로지 귓구멍이다. 태어나서 귀이개라는 물건을 알았을 때부터 그랬다. 돌잡이 때 귀이개가 있었더라면 그것을 잡았을지도 모르지.

귀에 쌓이는 분비물은 더럽다는 생각이 들지 않는다. 손톱의 가장자리에 생기는 거스러미와 비슷하게 인식된달까. 발견한 순간부터 제거하고 싶어 신경이 쓰이는 것 정도인, 그런 정도인…… 귀벽이 벗은 허물 조각 같달까?

바닥을 청소하며 나오는 먼지를 봤을 때 마냥 더러워하기보다는 우와, 먼지를 이만큼이나 쓸었다! 하는 뿌듯함이 있는 것처럼, 침대 밑 손이 닿을 듯 말 듯한 상자를 스쳐 만지다가 끄집어내게 되었을 때의 기쁨처럼, 나는 사람의 귀를 들여다보고 파내고 닦는 일을 좋아한다. 극도로 예민한 신경을 가진 공간에 접근한다는 점에서 귀 청소는 방 청소보다 어렵고 재미있다. 아주 살살, 천천히, 길에서 만난 고양이를 꾀어내듯이 도구를 움직여야 한다.

때로는 위험한 욕망을 감추지 못하고 남의 귀 벽을 밥그릇마냥 긁은 뒤 원망을 듣기도 했다. 이 자리를 빌어 희생양이었던 이들에게 사과를 전한다. 최근에는 귀 벽에 닿아도 휘어질 만큼 무르고 가느다란 귀이개를 장만했다. 손에 힘을 빼고, 차분한 마음으로 사용법을 익히는 중이다.

차가운 쇠 귀이개가 귓속 털을 헤치고 지나갈 때의 오싹한 느낌, 더 들어가서, 소리를 듣는 중요한 기관을 건드리는 듯한 덜그럭거림, 더 들어가면, 이제는 조금 아픈 것 같은…… 식은땀이 나는 것 같고, 어쩐지 두렵고, 그러나 기분 좋은 간지러움과 알싸함이 귀와 뇌 사이 어딘가에서 감돌고 있는 느낌. 나는 이 감각을 좋아하는구나, 생각했다. 그러나 불행히도 내게는 귀지가 생기지 않았다.

어렸을 때는 엄마가 날 속이고 있다고 생각했다. 맨날 귀 청소해달라고 하니까, 그게 귀찮아서 아무것도 없다고 하는 거라고. 그다음에는 무언가가 쌓일 틈도 없이 귀 벽을 긁곤 하니까 뭐가 잘 안 생기는 거겠거니 했다. 그러나 나중에 알게 된 사실이 있었다. 나의 외이도는 파충류의 살갗처럼 매끈하다.

적당히 건조하고, 모공이 보이지 않고 솜털이 미세해 고막까지의 경로가 훤하게 뚫려 있다. 피지든 먼지든 쉽게 뭉칠 수 없는 구조인 듯하다. 이 외이도는 아빠로부터 유전되었다. 화면이 달린 귀 내시경을 구입해 나 자신과 온 가족의 귀에 넣어보았으므로 알 수 있었다. 아빠의 귓속은 상당히 재미없었다. 처음 봤을 때 나도 모르게, 이런 귓속을 가진 남자와 결혼하면 따분하겠다는 생각을 해버렸다.

귀 내시경 같은 걸 도대체 어디서 파는지 궁금한 사람이 있을 것 같다. 나는 이것을 중국 전자제품을 파는 인터넷 쇼핑몰에서 시켜 두 달을 기다린 후에 받을 수 있었다. 관의 직경이나 화면의 인치 수, 화소, 충전 방식을 고려해 신중히 물건을 골랐다. 국내 쇼핑몰에서 샀던 귀 내시경은 핸드폰이나 노트북에 연결해 쓸 수 있는 관 모양 카메라에 지나지 않았는데 직경이 크고 광량이 적어서 불만족스러웠다. 중국에서라면 내가 원하는 내시경을 팔고 있을 것이라 믿었다. 중국은 귀 청소 문화가 어느 정도 자리잡은 나라니까.

갖고 있는 귀이개와 귀 청소 도구 세트들만 해도 거의가 중국식이다. 공작새 깃털로 얼굴의 긴장을 풀어준다든가, 소리굽쇠로 이명을 예방한다든가 하는 것들.

중국에 한 번도 가보지 못했다. 중국 이어테라피숍에서는 손님의 귓속을 커다란 화면에 띄워놓고 귀 청소를 해주기도 한다던데. 이비인후과처럼 깔끔하게 정돈된 칭다오 이어테라피숍의 모습을 유튜브에서 본 적이 있다. 도구를 다루는 관리사의 솜씨나 코스의 구성을 봐도, 내가 알 수 있는 귀 청소의 방식 중 가장 괜찮아 보였다. 이어테라피 유학 같은 걸 갈 수 있다면 중국으로 가야지, 이런 생각을 하고,

스스로가 웃겨서 조금 웃었다.

일본에도 '미미카키 텐'이라 불리는 이어테라피숍이 있다. 일본에 갈 때마다 여기를 꼭 가봐야지, 가봐야지, 했지만 결국 가지 못하게 되었다. 그도 그럴 것이 기모노를 입은 여성 관리사가 무릎베개를 원칙으로 정성껏 귀 청소와 귀 마사지를 해준다고 하니까…… 어쩐지…… 부끄러웠다. 후기를 보면 꽤 전문적으로 해주는 모양이지만 나의 호기심이 무릎베개의 장벽을 넘지는 못했다.

이 '미미카키 텐'은 한국에 잠시 들어왔던 적이 있었다. 퇴폐업소로 오해한 손님들의 방문이 이어진 관계로 빠르게 사라졌다고 하니, 한국에서 나고 자란 내가 이곳의 운영 원칙에 거리낌을 느끼는 것은 당연하면서도 내 잘못이 맞다. 정확히는 우리나라의 문화가 잘못되었다.

현재 한국에는 이어테라피를 전문으로 하는 곳이 없다고 한다. 이른바 귀 청소방만 존재한다. 그곳의 종업원들은 귀 청소를 거의 하지 않는 듯싶다.

그렇다면 귀 청소라는 말을 하지 마! 무슨 일을 하는지 정확히 적어놔! 그러면 나도 귀 청소를 하고 싶다고, 하고 있다고 더 당당하게 외칠 수 있을지도 모르잖아!

라고 외치고 싶다…… 슬픈 일이다.

나의 작은 철가방 안에는, 크기와 모양이 다양한 나무 귀이개, 쇠 귀이개, 극세 핀셋, 구름칼, 솜털 귀이개, 각종 동물 꼬리 털, 공작새 깃털, 소리굽쇠, 알코올 스왑, 의료용 고무장갑을 포함한 이십여 개의 도구들이 가지런히 정리되어 있다.

어쩌다 기회가 찾아오는 날, 나는 손을 깨끗하게 소독하고 도구를 의논해 골라 닦은 다음 적당한 곳에 사람을 눕힌다.

1. 긴장 풀기

공작새 깃털과 소리굽쇠를 이용하여 귀와 얼굴의 신경을 이완시킨다. 소리굽쇠는 이명을 예방해준다고 한다. 간지

럼을 많이 타는 사람이라면 공작새 깃털이 곤란할 수 있지만 보통은 마음에 깊은 평화를 얻는다.

2. 귓바퀴 청소

구름칼과 솜털 귀이개를 이용하여 귓바퀴를 정돈한다. 구름칼이란 뭉툭하고 부드러운 버터나이프 같아서, 귀에 자극을 주지 않고 각질과 피지를 긁어낼 수 있다.

나는 이 구름칼의 사아악- 사아악- 소리가 좋다.

3. 외이도 청소

귀 내시경으로 안을 들여다본다. 이때 귓속 상태에 따라 어떤 도구를 사용할 것인지 정할 수 있다. 쇠와 나무를 번갈아 사용해보며 어느 재질이 더 편하게 느껴지는지 물어본다. 귀이개마다 구부러진 각도가 다르기 때문에, 목표물이 유착된 상태를 살피며 귀이개를 신중히 선택하는 것이 좋다. 귓구멍이 좁다면 고리 모양의 철사 귀이개를, 예민한 귀라면 핀셋을 사용한다.

외이도는 아주 연약한 피부이니 욕심을 많이 부려서는 안 된다. 귀 벽이 붉어지기 전에 그만두어야 한다. 청소당

하는 사람이 더 해달라고 요청하더라도 넘어가면 안 된다. 나는 전문가가 아니며 너의 귀를 위험에 빠트릴 수 있음을 확실히 하고 물러난다.

4. 마무리

말총을 이용해 외이도를 닦는다. 먼지떨이를 하는 것과 같은 원리다. 마치고 나면 귀가 시원하고, 내시경으로 보아도 안이 깨끗하게 털린 것을 관찰할 수 있다.

물티슈로 귓바퀴를 닦는다.

긴장하며 누워 있느라 고생한 어깨와 목을 푼다. 내가 풀어주는 건 아니고, 적당한 스트레칭을 권한다.

사용한 도구들을 깨끗이 소독하고 정리한다.

이 글을 읽는 당신이 언젠가 나와 친해진다면 내게 귀 청소를 부탁해도 좋다. '네 귀를 한 번만 파게 해줄 수 없을까?' 요청하고 다니는 것은 너무 수상해 보이니까, 공고를 만들면 좋겠다고 생각만 하던 참이었다.

원래는 친한 사람에게 슬쩍 보여줄 수 있는 이미지 공고를 생각했으나 정신을 차리고 보니 이런 글까지 써버렸다.

편지

감정이 짙게 들어간 글은 분명 나중에 부끄러워질 테니 어디다 발표하지 말
자는 생각을 나도 한다. 나도 생각은 한다. 하지만…… 스튜디오에서 준비한
콘셉트대로 차분히 만들어진 사진만 사진이 아니며, 가끔은 흔들리면서 엽기
적으로 찍힌 순간의 사진이 나와 친구들을 즐겁게 했다는 사실을 떠올린다. 춘
식이는 특히 그런 못생기고 귀여운 사진을 많이 남겨주었다. 나도 춘식이를 대
하고 있는 한 얼마든지 망가져도 좋기 때문에 실컷 질척여보자는 마음으로 이
징그러운 편지를 보낸다.

춘식에게

3월이다. 최춘식. 네가 그렇게 싫어해서 두 번 다시 안 보겠다던 3월이 너 없이도 다섯 번이나 돌아오고 있어.

아니지, 네가 있는지 없는지는 사실 잘 몰라. 이제는 그것을 알고 싶어하는 눈치도 실례가 되었어. 너의 가족들에게 더이상 안부를 묻지 않아. 때가 되면 소식을 들을 수 있겠거니, 기다려. 이제는 마음이 편해. 네 생각을 그렇게 자주 하지도 않아. 하지만 잊지 않았지. 우리 모두 다 너를 잊지 않았어.

춘식아, 우리 계속 친해. 여전히 서로를 아츠, 드림, 뱅, 주애, 뉴라고 불러. 만나서 엄청 많은 케이크의 촛불을 껐어. 엄청 많은 즉석사진을 찍었어. 재밌는 얘기가 나오면

아 이거 최춘식이 진짜 좋아했을 것 같은데, 그러게, 최춘식 재질인 듯, 그러면서 숨넘어가게 웃어. 되게 잘 지내. 이제는 다 자기 일이란 걸 가져서 사회에서 몫을 하는 사람이 되었단다. 나도 그렇고. 내 몫은 너 같은 애 얘기를 쓰는 거야. 너 얼마나 바보 같은 앤지 세상 사람들 다 보는 데서 말해서 쪽팔리게 하는 거야. 창피해? 그러게 진작 좀 일어나지 그랬냐.

난 너 병문안도 제대로 못 갔어. 그때 코로나라고 병원이고 공항이고 다 출입 통제해서. 그게 한이 되더라. 너는 우리 그렇게 좋아했으면서 앞뒤 생각도 없이 왜 그런 거야. 너는 진짜 혼나야 돼. 발바닥을 맞아야 돼. 딱 대.

스물한 살의 너한테 밥을 많이 못 사준 게 제일 마음에 걸려. 밥 먹을 돈이 없다는 말을 자주 했잖아. 스물여섯 살의 나는 설마 이거 밥 사달라고 눈치 주는 건가, 싶었는데, 넌 내가 그렇게 생각하는 줄도 모르고 쉬는 시간에 버블티를 사서 내밀었지. 일 도와줘서 고맙다고. 돈 없는 애가 왜 버블티를 사는 거지? 난 모질게도 한번 더 그렇게 생각했어.

이제야 고백하지만 그게 너에 대한 첫인상이었다. 어리석을 정도로 가진 것을 뚝 떼어다주는 애.

나는 그 버블티를 네 입원비로 갚고 싶지 않았어. 너희 언니한테 돈 보낼 때 솔직히 손 떨렸어. 이 돈이면 할 수 있는 것들이 생각나고, 그것들을 다 네가 한다고 생각하면 하나도 아깝지 않은데, 너는 그냥 누워만 있고 아무것도 못했잖아? 나는 그게 억울해서 울었어. 너 사람이 일주일 사경을 헤매는 데 돈이 얼마나 들어가는지 모르지? 나도 너 때문에 찾아봐서 알았어. 사람이 죽고 싶다고 마음대로 죽을 수 없게 만들어졌다는 것도 그때 알았어.

이제 와서 무슨 짓을 한들 난 너한테 해준 게 진짜 없어. 그 사실은 변하지 않아. 딱 한 번 도시락 싸준 거랑 성신여대 앞에서 중국요리 사준 게 다야. 언젠가 네가 입욕제를 쓰고 싶어 샀는데 달리 쓸 수가 없어 세면대에 물 받아놓고 빠트렸다는 이야기를 들었을 때도 웃기만 했다. 밥보다 비싼 입욕제. 우리는 우습게도 그런 걸 팔면서 친구가 되었네.

네가 하는 짓궂은 농담을 좋아했어. 어디 가서 함부로 못할 농담들. 더럽고 유치하고 이상한 말들. 너 때문에 진짜 많이 웃었어. 그런데 너처럼 웃겨주는 친구는 이제 없어. 그런 말은 너라서 할 수 있는 걸까, 이십대 초반에만 할 수 있는 걸까, 둘 다일까. 난 궁금해. 지금이라도 일어나서 알려줬으면 좋겠어. 스물여섯의 네가 어떤 농담을 하는지.

많이도 상상했었어. 네가 깨어나면 할 일들의 목록. 우선 서울로 오는 비행기표를 끊어줄 거야. 네가 보자마자 창피해서 그냥 죽는 게 낫다 생각할 만큼 요란스러운 플래카드를 만들 거야. 공항에서 그걸 흔들며 너를 맞아줄 거야. 그리고 욕조가 있는 호텔에 데려갈 거야. 배스 밤과 버블 바를 섞어서 목욕물을 만들어줄 거야. 네가 길게 잠들어 있는 동안 가수 청하가 얼마나 많은 노래를 발표했는지 들려줄 거야. 룸서비스와 와인을 시켜줄 거야. 네가 좋아했던 구운 주먹밥도 가져갈 거야. 남기면 화낼 거야. 숨만 쉬어도 온갖 이유를 대서 화낼 거야. 너를 하얗고 두꺼운 이불에 둘둘 싸서 괴롭힐 거야. 케이크도 먹어야지. 〈혐오스런 마츠코의 일생〉도 틀어줄게. 아츠는 네가 돌아오면 자기 집에 살게 하겠다고 했었는데, 거기선 딱 잠만 자. 내가 아침마다 너를 빼오러 갈 테니까. 너를 데리고 서울 구석구석을 다닐 게. 입고 싶은 것, 먹고 싶은 것, 하고 싶은 것을 찾아줄게. 결코 정답은 아니겠지만 내가 아는 최선이란 최선을 다 알려줄게. 나도 예전이랑 다른 사람이 되었거든. 시간이 아주 많은 사람.

사실은 최근에 나 같은 실수를 반복했다. 실수는 참 슬퍼. 안 해야지, 안 할 거야, 기를 쓰고 살 땐 안 해. 그런데 잠깐 잊어버리면 바로 해. 잠깐 한시름 놓고 편해졌다고 어떻게 그 틈을 안 놓치고 들어와서 나를 주저앉힐 수가 있어. 실수는 너무 미워. 그냥 카톡을 안 읽나보다, 마음이 힘든가보다, 그때 우린 다 그렇게 생각했었지. 그냥 전화를 안 받나보다, 용건이 있으면 다시 전화하겠지, 이번에도 난 또 그렇게 생각했어. 이런 나를 괜찮다고 안아주는 데 시간이 걸렸어.

그래도 너를 보내면서 나에게 한 말이 도움이 되었어, 친구는 최선을 선택했다고. 이 마음을 감당하는 게 내 책임이라고. 이 마음을 느끼는 것이 미안한 친구에게 빚을 갚는 방식이라고. 고마웠어. 실컷 느끼고 털고 일어나면서 너를 같이 떠올릴 수 있어 좋았어.

나 이제야 발견하고 묻네. 너는 어쩌다가 네 생일이 있는 달을 가장 두려워하는 사람이 되었을까.

춘식아, 또 알려줄 거 있어. 우리 별명 생겼어. '여름'이야. 친구들은 여름이 들어간 브랜드를 만들고, 여름이 들어간 이름을 써. 네 생각이 나는 계절을 지나서 우리는 여름으로 건너왔나봐. 너도 여기 왔으면 좋겠어. 이제 봄은 하나도 무섭지 않아.

2024년 3월 23일

뉴

3

월

24

일

시

외계인의 시

이상한 말을 많이 했는데 왜 함께 있어주었나

혼자 남게 되자 난 무릎을 안고
소리 내어 물어보았다
누구라도 있을 때는 부끄러워서 묻지 못했다

이 질문이 헛되지 않으려면 나라도 대답해야 하나

여기 혼잣말을 잘하는 사람이 있습니다
아무것도 모르는 얼간이입니다
그렇기에 아무것에나 아무 말을 막 갖다붙인다 합니다
친구나
애인이라고 불리지 않게 조심하십시오

파프리카는 어색한 여름의 이름

커튼 주름은

매력 없고 친숙한 연상의 여인

너는

자신의 비밀번호가 지구에서 잊히길 바라는

책 모형의 금고

옛날에

가짜 책을 사서 책장에 꽂아두었어요

글이라고는 한 줄도 적히지 않은 얄팍한 속임수였는데

시간이 지나자 나는 읽을 수 있었습니다 한 장 두 장……

글씨가 나타나는 그것은 평생 사용하고도 남을 만큼의 넉

넉한 침구였지요

거기에 싸여 잠들고 울고 해저로 가라앉던 날들이 두터

워질수록 얼마나 안락했는지 모릅니다

바다거북, 영원하고 튼튼한 이해

빤히 들여다보이는 말미잘, 잘 보이고 싶은 마음……

나 많은 것을 보았습니다 이제 모든 것이 봉쇄된 채 남았

습니다만

　기억하고
　기억을 기억하고
　기억을 기억한 기억을 기억하고
　기억이 견고해져서 책 없이도 책을 읽고 사람 없이도 대
답을 듣는 날

　수천 개의 이름으로도 난 기억을 부릅니다
　혼자 아는 의미를 모아 벽을 만들고 방을 짓고
　날 넣고 문을 닫아놓았으니
　거긴 알맞은 일인실이었으나
　나는 매년 기다렸다고 중얼거렸어요
　스르륵 뭉뚱그려지는 마음에 압정처럼 초를 꽂아 버티
면서
　하나 둘 셋 넷……

　나는 매년
　환해가는 케이크

많고 긴 초가 비추는 것은 이렇게까지나 내 것들뿐

나 문드러졌어

보여주고 싶다……

일기

너는 멀리서 온다고 미안해하지만 난 친구네 집앞에 찾아가는 걸 좋아해. 특히, 너희 동네엔 아주 근사한 공원이 있어서 새벽에도 우리 이야기를 듣는 둥 마는 둥 안아주곤 하니까.

작년 가을의 일기를 옮겨봅니다. 어디선가 같은 마음을 느끼고 있던 사람과 만나고 털어놓고 웃을 수 있어서 좋았어요.

양천공원

금방이라도 사라져버릴 것 같은 친구를 보러 갔다. 당장 가야만 했다.

친구 얼굴을 보자마자 울었다. 빨간 어묵탕에 생맥주 세 잔 마셨다. 친구는 맥주에 소주를 타가며 마셨다. 어떻게 이런 일이. 어떻게 이런 세상이. 나는 기분 좋게 울었다. 오늘은 고백하러 온 거라고 했다. 내가 많이 좋아한다고 말하면서 손으로 하트를 보냈다. 친구가 웃었다.

친구는 사랑이 많다. 난 늘 그게 반갑다. 어떤 슬픔을 들고 만나도 우리는 반갑게 웃는다. 선물을 푸는 것처럼 서로의 슬픈 마음을 풀고 좋아했다. 친구의 동네를 함께 걸었다. 자주 간다는 편의점, 골목길의 재떨이, 여기가 내 집이야. 친구가 가리킨 건물은 새벽 한시에도 환했다. 친구의 짝꿍은 불을 켜고 잔다. 밤눈이 어두운 친구가 어디서든 집을 찾을 수 있게. 집에서도 헤매지 않게.

3

월

26

일

시

망한 시를 꼽아보라고 하면 망설이지 않고 이걸 내민다.

한때 사랑시 연작을 쓰고 싶었는데 달랑 이 시 하나만 남아버리고 말았다.

이것은 결코 사라지지 않는 산에 대한 시입니다

뒷산에 갔는데 누가 따라왔습니다

썰매 끄는 종류의 개가
따라오고 있었습니다
내가 도끼를 들고 있는데도

단지 가려는 방향이 같은 건지도 모르지만
주인도 썰매도 없이 그것은 조심스럽게
기껍게
내 방향으로 발자국을 찍어댔습니다
바삭거리는 소리가 간지러워서

돌아보면 입김 사이로
멋쩍게 웃으면서

왜인지
안전한 기분이 들었습니다
막 끓인 차를 두 개의 머그컵에 나누고 앉아 있는 기분
그것은 옛날에나 가능했던 기분입니다
이를테면 석유 풍로가 있고 의자가 있고 가능성이라는
것이 있었을 때에
　모든 것이 있기에
　컵이 엎어졌을 때 '그럴 수 있다' 말하는 인간도 있었을
때에

　오늘날에는 모든 것이 없기에
　개에게 왜 인간이 없고 썰매가 없느냐고 묻지 않았습니다
　개는 옛날 따위를 모르는 어린애처럼 걸어옵니다
　내가 희망했던 명랑 혹은 순정을
　내밀고 흔들며

저는 나무를 하러 산에 왔어요

다시 의자를 만들고

불을 피워 연기를 만지려고

이불을 둘러도 소용없던 찬 손을 끝내려고

무엇이든 걸리면 패버리겠다는 단단한 생각을 고쳐 잡고

산을 혼내주러 왔습니다

장작을 넉넉하게 쌓으려 했습니다

땀이 나도록 건실해지고 싶었습니다

그것이 나의 방식이라고

산에게 선언하고자 했습니다

움직이지 않는 산이라면 손수 옮기겠다

할 수 있는 데까지

자르고 태워 없애겠다

그러니

이제 가라는 뜻으로 도끼를 휘두르는데 개가 물러나지

않았습니다

눈동자에 인간의 얼굴을 띄우고 보고 있었습니다 이 아

이는

도끼가 무슨 물건인지조차 모르는

바보였습니다

이것은 산에 대한 시가 아닙니다

아니게 됩니다

도끼를 내려놓고 썰매견을 안아버렸습니다

왜였을까

뜨거운 장작을 바랐는데

이 아이는 머그컵처럼 따뜻하고

엎어진 머그컵처럼 돌이킬 수 없었습니다

엎어졌는데도 깨지지 않은 머그컵처럼 다행이었습니다

쿵 소리가 들린 것 같아

돌아보니

눈 덮인 산이 허물어지며 녹고 있었습니다

무럭무럭 김이 올라

구름이 끼는군요

내가 또 쏟아버렸습니다

주워 담을 수 없겠습니다

나는 머지않아 차 한잔 분량이라고는 믿을 수 없을 만큼
격심한 물줄기에 휘말릴 것을 직감했습니다

에세이

저도 간헐적으로는 선생님입니다. 틈틈이 문학을 가르치며 용돈을 벌고 있습니다. 그러다가 친해진 학생이 있어 얼마 전엔 같이 이삿짐을 날랐습니다. 그 친구는 저를 선생놈이라고 부릅니다.

선생님

언니는 한번 목표가 생기면 돌아보지 않고 달리는 성격
이다. 그러니 사범대학을 다니고 임용 시험을 보는 데만 이
십대를 숭고히 쏟아부었다. 서른이 넘어 족쇄 같던 꿈을 이
룬 다음부터는 공부를 오래한 사람 특유의 어설픔을 조금
씩 티 내며 사는 중이다. 운동화 끈을 추스르지 못하고 가스
레인지를 잘 다루지 못하는 언니를 나는 종종 구박한다. 저
기요, 이러면서 누굴 가르치려고 그러세요?

도대체 왜 그렇게까지 선생님이 되고 싶었던 거냐고 물
어보았던 적 있다. 언니는 학교가 좋아서, 아니, 정확히 말
하면 그땐 학교를 좋아했지, 라 말하고 쓸쓸하게 웃었다. 그
렇구나. 이 사람은 나와 같은 집, 같은 부모 밑에서 자라 같
은 중고등학교 졸업장을 받았는데도 학교를 좋아할 수 있

었던 사람이지. 학교를 벗어나자마자 학교로 되돌아가려고 인생의 한 시기를 바쳐가며 노력한 사람이지. 우리는 어느 모로 보아도 닮은 점이 없는 자매지만 그 순간만큼 언니가 낯설었던 적은 없었다.

'가장 기억에 남는 선생님은 누구였나요?'였을까. 정확한 문구가 기억나지는 않지만 한 영화 배급사에서 그런 설문을 진행했었다고 한다. 그 온라인 설문 사이트는 곧바로 어느 날 어느 곳에 있던 선생님들의 실명과 원망과 저주로 뒤덮였다. 배급사 사람들은 당황했을까, 아니면 의도했던 바가 맞아들어갔다고 웃었을까. 광고하려던 영화의 제목은 〈스승의 은혜〉였고 호러, 그중에서도 슬래셔 무비였다.

*

내게 학교는 한결같이 추운 곳이었다. 스스로 냉기를 뿜어내는 것 같은 벽과 바닥은 아무리 뛰어다니고 소리를 질러도 누그러지지 않았다. 치마와 재킷은 음울한 기분에 빠진 사람들이 심리 테스트에서 고를 법한 색감인데다가 얇고 뻣뻣하고 거칠었다. 중학생이 된 3월에 나는 바로 예감할 수 있었다. 이곳을 싫어하게 될 것이다.

일학년 담임 교사는 젊은 여자였는데 좀 무지막지한 성격이었다. 입학식 첫날 본인의 말을 안 듣고 떠드는 여학생들을 매질해 울렸다. 고함을 지르며 체벌하는 것으로는 전교에서 손꼽히는 인물이었다. 같은 반 아이들은 기합이 바짝 들어 그녀 앞에서 잘 기어다녔다. 나도 그랬다.

그녀는 학부모 면담 자리에서 나를 많이 칭찬했지만 정작 교실 안에서는 날 별로 좋아하지 않았다. 그런 건 육감으로 알게 된다. 증명하기 위해 어떤 사건이 필요하지는 않다. 말 몇 마디는 꾸밀 수 있어도 몸뚱아리와 눈동자의 기운으로 거짓말하기는 어려우니까. 그녀는 나의 엄마에게 '제가 이인이를 너무 좋아한다고 꼭 전해주세요'라 말했고 친구들 중 두세 명쯤은 내게 '담임이 너 싫어하잖아'라 말했다. 둘 중 어느 쪽도 백 퍼센트 맞는 말은 아닌 것 같았다. 이제 와서는 그녀가 나를 좋아하기 위해 노력했을지도 모르겠다는 생각을 한다.

그녀는 감정을 숨기지 못하는 사람이었고, 스스로를 '휘어지는 갈대가 못 되고 부러지는 대나무가 되는 편'이라 소개하고 다녔다. 권위적인 한편 코미디언 기질이 있어 아이들을 곧잘 웃겼다. 여름 방학을 마치고 나서는 아프로풍으로 머리를 볶고 나타나 앞문을 열어젖힌 채 후후후, 웃어 보이기도 했다. 수업 중간중간에 과거의 연애담 같은 것을 팔아 중학생들의 관심을 끄는 법도 잘 알고 있었다. 선생으로서 인기가 있는 편이었으나 학교에서 친하게 지내는 동료 선생은 없었다. 운영하는 블로그의 아이디는 예미튀나. 예쁘고 미쳤고 톡톡 튀는 나, 였던가? 그때는 알 수 없었지만 이제는 그런 이름표를 달고 사는 사람이 어떤 스타일인지를 약간은 유추해볼 수 있다.

나는 너희가 이인이랑 잘 지내줘서, 그게 참 고맙다는 말을 하고 싶어. 너희도 알다시피 이인이는 말하는 것이나 행동이 특이하잖아. 어른들은 몰라도 너희 또래에는 그런 것을 싫어하게 마련이거든. 그런데 너희는 이인이를 받아들여줘서 참 예뻤어. 나는 너희를 칭찬하고 싶어.

어느 날 그녀는 그 말을 남기고 교실을 나갔다. 앞에 앉은 별로 안 친한 애가 뒤돌아보면서 너 기분 좋같겠다, 하기에 나도 그러네, 말하고 웃었다. 크게 불쾌하지는 않았다. 그것도 진심을 느끼는 영역의 일이었으리라고 생각한다. 그녀는 정말로 고마웠을 것이다. 유별나게 보이는 한 사람을 포용해주는 작고 순수한 사회에 대해서, 어쩌면 감동했을 것이다. 내가 부러웠을 수도 있다. 단지 그때의 나는 당신 눈에 내가 뭐가 그렇게 특이하다는 건지 몰라서 묻고 싶었다. 똑같이 교복 입고, 똑같이 샤기컷을 하고, 성적도 괜찮았는데 말이지. 우스꽝스러운 춤을 춰서 아이들을 웃기고, 피아노 덮개 같은 목도리를 고집해서 그랬으려나? 아이들은 내 목도리에 대해 말을 많이 했다. 그래도 나는 그것을 계속 하고 다녔다. 좋았으니까. 그때의 나는 잘 수그리지 않았다. 그녀 식대로 표현하자면 '휘어지는 갈대'는 아니었다.

겨울방학을 앞두고 나는 반 아이들 앞에서 무릎을 꿇었다.

교실에서의 싸움이 발단이었지만 그로 인해 불려나올 때 반성의 기미가 전혀 없다는 것이 내게만 해당되는 사유였다. 그때는 어린 마음에 이상하다고 느꼈던 것 같다. 친구와의 다툼은 나의 사생활인데 어째서 담임 교사에게 낱낱이 고하고 잘못했다고 말해야 하는가. 우리는 서로를 열받게 했고 사이좋게 주먹을 교환했으며 그것으로 볼일은 끝이 났는데. 나는 감정을 숨기지 못하는 사람이었고 그녀는 내 감정을 읽었다. 안 되겠어. 너는 네가 뭘 잘못했는지 모르는 것 같아. 나는 매 때리는 것보다 더한 벌을 너에게 주어야겠어. 너, 얘한테 꿇어. 얘들아, 똑똑히 봐.

　그녀는 내가 무엇에 괴로워하는지를 잘 알고 있었다. 몇 시간 전까지 죽자고 머리채를 잡은 애 앞에 나는 엎드려야 했다. 미안해. 더 크게! 미안해! 흐느꼈다. 일어나서는 교무실에 가 울면서 책을 읽었다. 그녀가 내게 독서 치료를 행한다며 쥐여준 청소년소설이었다. 무슨 일이 있어도 폭력은 안 된다, 라는 구절에 밑줄이 그어져 있었다.

　추후 그녀는 자신의 행동을 정당화하기 위해 많은 노력

을 했다. 반 아이들에게 백지를 돌려 사건 경위를 써내게 했다. 마음이 여린 아이들은 대부분 내 편을 들어버렸지만 나와 사이가 좋지 않던 한 명만은 내가 아주 잘못했다고 적었다. 그녀는 그 한 장을 복사해 내게 읽히고 부모님을 불러 읽혔다. 며칠간은 방과 후에 나를 남겨 네게도 잘못이 있다고 인정하니? 어떻게 반성을 하고 있니? 같은 것을 물었다.

그럼에도 그녀가 마냥 나를 미워했다고는 생각할 수 없었다. 일련의 과정은 '내가 그렇게 행동한 데에는 이유가 있었어, 너도 동의하지?' 같은, 강제로 이해를 구하려는 시도처럼 다가왔다. 왜 이해받고자 하는가? 스스로 확신이 없어서. 그리고 상대가 신경쓰이기 때문이겠지. 이해받지 말자는 마음이 기본값인 동류의 인간으로서 그 기행이 이해되었다. 그녀는 폭탄 머리를 한 채 보수적인 직장을 다니는 젊은 여성이었고 나는 괴상한 목도리를 두르고 민감한 또래들 사이를 다니는 사춘기 여자애였으니까. 그녀가 강경한 삶을 살듯 나도 무언가와는 싸워 이길 듯 보여야 했고, 그 무언가는 심지어 그녀일 수도 있었으니까. 나는 그녀가 시원하게 패고 치우던 껄렁한 아이들과 다른 사후 처리를 겪었다. 말하자면 그것도 특별 대우였다. 또는 미안함의 표현이었다고, 어렵지 않게 눈치챌 수 있었다.

싸운 애는 원래 나의 친구였다. 그날 이후 우리는 다시 얼굴을 마주하지 않았다. 중학교를 졸업하고 몇 년이 지나서 장문의 문자 하나를 받아보았다. 안녕, 네가 아직도 그때 일로 날 욕하고 다닌다는 이야기를 들었어, 이 문자 안 읽어도 되고 삭제해도 되는데 그냥 이 말 하고 싶어. 나는 한번도 너 미워하거나 싫어한 적 없어…… 그런 내용.

그때쯤에야 나는 내가 부러진 것을 알았다.

*

나중에 그녀는 자신이 가르치는 아이들의 이야기를 책으로 써냈다. 몇몇 동창들은 그 책에 본인의 부끄러운 이야기가 들어가 있더라며 툴툴댔다. 나는 오기로라도 그것을 사보지 않았다. 그리고 생각했다. 나도 내 책에 당신 이야기를 쓰겠다.

하지만 그때가 지금은 아니었으면 했다. 조금 더 시간이 필요했다. 내 미래에는 그녀를 지금보다 잘 이해할 기회가 남아 있을 것 같았다. 나는 그녀보다 큰 사람이 되어 그 시기를 내 안에서 완전히 소화시켰음을 의심의 여지 없이 보여주고 싶었다. 한때 그건 야망이었고 목표였다. 언제 어떻게 이루어질지, 이루어지기는 할지 모르는.

일이 년에 한 번쯤은 그녀의 블로그를 들어가봤다. 국어 교사인 스스로에게 자부심이 넘치는 것 같은 글들을 훑으며 이 사람 실은 학교를 별로 안 좋아하고, 작가가 되고 싶어하고, 그렇게 유별난 감수성이 있지도 않고, 오타쿠 기질이 있고, 다 말하지 않지만 슬픈 상태고, 자기 모습을 그렇게 마음에 안 들어한다는 걸 눈치챌 즈음 나는 이십대 후반이었다. 아무것에도 주먹질할 수 없고 시시콜콜한 것에 무릎을 꿇는 기분은 어느덧 내 삶이었다. 그때 난, 거짓말이 아니라 진짜로, 폭탄 머리를 하고 회사에서 눈총을 받고 있었다.

3

월

28

일

시

실 낙 원

1.

직사각형 숲 안에 글자가 모여 있었다

이리 와 어서 와

나의 친구 나의 엄마

나의 창조주

글자들끼리는 사이가 좋았다

손을 잡고 몸을 맞추며 말했다

이곳은 무해합니다

테러와 전쟁과 천재지변이 없습니다

나의 말이 아니라

글자가 자기들 멋대로 사랑해서 만든 말이었다

무

해

  그들이 엮는 말들은 내 피부로는 도무지

  느껴지지 않았다 내 피부에 어딘가 큰 문제가 있는 것이

분명했으며

  이것이 알려진다면 경우에 따라

  피부를 벗겨내는 치료도 각오해야 할 듯했다

2.

  신들끼리 모이면 나는 주로 못돼 처먹은 편이었는데

  그건 아무래도

  글자들을 쓰다듬어

  희망하는 건강한 아름다운—과 짝을 만들어주어도 모자

랄 판에

  못돼 처먹은

  이라는 말을 남겨두고 숲 바깥으로 달아나버렸기 때문이

었다

얘들아, 못돼 처먹은을 사랑해줘

못돼 처먹은은 변하지 않을 거다

나는 이 아이를 너희와 함께 둘 거야

무해함을 위하여

글자들이 손잡는다

이곳에는 테러와 전쟁과 천재지변이 없습니다

그리고 못돼 처먹은

그 어떤 것도

나는 무능한 신으로서 위스키를 조금씩 마시며

숲속 어딘가에서 연기가 치솟는 광경을 바라보았다

3.

긴 세월 동안 여러 번 하늘 색이 바뀌었을 테고

때때로의 검은 구름만큼은 여전한

저 숲에 이제는 가지 않는다

그렇지만
소싯적 믿었던 희망과 건강과 아름다움은 여전히
저 안에서 살고 있다

나
많은 나뭇가지를 안아봤고
그러다가 꺾기도 했을 것이고

나는 나무에 있는 가시들이 살 속으로 파고들어가
몸 곳곳에서 만나 번식을 하고 세상을 꾸리고
나를 친구, 엄마, 창조주라 부르고 있는 일을
내 피부 안쪽을 여지껏
곱고 고요하게
전쟁터로 일구는 사실을
말하지 않는다

숲을 위해서다

4.

이따금 글자들의 마음을 헤아리고 싶다
그들이 말하려던 것이 무엇이었는지를
알고 싶어서
종이에 나열하고 고민한다

못돼 처먹은 친구
못돼 처먹은 선생
못돼 처먹은 감수성
못돼 처먹은 과거의 사랑
못돼 처먹은 무
못돼 처먹은 해
못돼 처먹은 기생충
죽지 말고 살았으면
너희들의 왕국에서 영원히
못돼 처먹은 시인들
못돼 처먹은 시인
못돼 처먹은 시
못돼 처먹은 신

나를 위해서다

3

월

29

일

에세이

민망하니까 절교하자.

김규영

김규영씨는 대한민국의 이십대 남성이다. 두피가 보일 정도로 옆을 짧게 깎은 머리가 잘 어울리고(사실 깎지 않은 머리를 본 적이 없다) 희고 귀여운 얼굴에 수염을 기른다. 마이크로닷 닮았다는 소리를 좋아하며(진짜 좀 닮긴 했다) 레이디 가가 노래를 자주 듣는다. 취미는 게임. 책은 잘 읽지 않는다. 그래도 박상영 소설가의 책을 감명 깊게 읽었다. 나와 함께 서점에 가서 『1차원이 되고 싶어』를 산 적도 있다.

『1차원이 되고 싶어』를 몇 페이지 읽는 동안 김규영씨는 이건 정말 본인 이야기 같다고, 본인에게도 책으로 써야 할 이야기가 무궁무진하다고 꾸준히 강조했다. 자신의 이야기를 책으로 쓰기만 하면 대박이 날 수 있다고. 그러니 자기가 살아온 이야기를 들어보라고.

나는 김규영씨와 몇 번 만나 술을 마셨지만 결과적으로 그의 인생담을 듣는 덴 실패했다. 만날 때마다 그의 과거보다 더 재미있는 현재가 계속해서 업데이트되어 있었기 때문에, 그리고 나의 현재도 지지 않고 업데이트되어 있었기 때문에 우리는 근황 이야기나 실컷 주고받으며 청하를 코가 삐뚤어지게 마시고 헤어지도록 되어 있었다.

지면에 글을 발표하며 지내온 지 삼 년 정도가 흘렀다. 집에서 스트레칭을 하거나 뒹굴거나 머리를 말리다가도 '아악!' 비명을 지르는 습관이 생겼다. 내가 쓴 시, 내가 쓴 에세이, 내가 한 인터뷰가 온·오프라인을 떠돌고 있다! 모르는 누군가의 눈을 통해 뇌에 침투해 오랜 시간 거기에 남아 있을지 모른다! 나조차 잊어버릴 유치하고 저열한 한때의 말들을 누군가는 계속해서 뇌에 담아둔 채 나를 바라볼지도 모른다! 그게 내 친구가 될 수도 있고, 연인이 될 수도 있고, 미래의 내 자식이 될 수도 있다!

사람들에게 알려지기를 원해 작가가 되고 싶다고 생각한 적은 없다. 옛날의 나는 단지 입시로부터 탈출하고자 창작

특기생이 되어봤을 뿐이었다. 그때의 시쓰기는 지금과 다른 의미로 재미있었다. 주제를 받고 나와는 별 상관없는 그림을 그려 도화지를 채우면 끝이었다. 나뭇가지며 우듬지가 어떻고, 늙은 어머니의 주름살이 어떻고……

스물한 살의 나는 도화지를 형이상학적이고 화려하게 채울 줄 알았다. '살해당한 애인을 위해서는 누가 더 오래 썩었는지를 놓고 미추를 따지는 전위적인 사랑을 유행시켜야 한다.' 무엇을 알지도 못하고 이런 문장을 꾸몄다.

지금의 나는 과거의 나를 이해할 수 없으나 과거의 나는 미래의 나를 예측할 수 없었을 것이다. 내 시는 변했다. 아니, 변했다는 말로는 충분치 않다. 시가 문득 힘을 빼고 삶을 의역하기 시작했다. 삶이 달라졌다는 사실이 있었고, 시가 달라졌다는 사실이 있었다. 그리고 삶과 시를 잇는 터널이 뚫렸다는 사실이 있었다. 그건 해저 터널이었다. 열차를 타고 지나가면서 심해의 생물을 구경했다. 이름 없는 생물들, 이름을 내가 지어주어야 하는 생물들. 이제는 좀 알 것 같네. 내가 어째서 이렇게 말하는지, 어째서 이렇게 말해야 하는지를 알 것 같네. 낮아지고 단순해진 목소리를 보면서 몸이 가벼워진 것을 느꼈다. 새였다면 이제 날 수 있다고 생각했을지도 모른다. 일종의 신내림 같았다. 그렇게 되기까지 우여곡절이 없었다면 거짓말이겠지. 그러나 큰 계기가 있지도 않았다.

시는 좋다. 많은 것을 설명하지 않아도 된다. 모두가 뭉뚱그려 말한 다음 오해를 허락한다. 그런데 수필은…… 잘 모르겠다. 이토록 긴 문장으로 하나하나 풀지 않으면 안 되는 걸까. 그래서 망설여지는지도 모르겠다. 어느 선 이상으로 발가벗고 싶지는 않다. 알몸으로 관광객을 친절하게 맞이하면서 안녕하세요, 제 심해에 오신 것을 환영합니다, 제가 건져온 괴기 생선들을 구경하시죠, 라고 말하고 싶지 않다. 그러니 기회가 생기기 무섭게 무대 위로 타인을 끌어들이면서도 그를 발가벗기고 싶지 않아 고민한다.

내 삶은 투명하게 기록되는 중이다. 터널이 뚫렸기 때문에. 그 터널로 무엇인가가 세차게 빠져나가고 있기 때문에. 원해서든 아니든 나의 일거수일투족은 글에 반영되고 있다. 적어도 내 눈에는 너무나 잘 보인다. 사랑하면 사랑하는 대로, 미워하면 미워하는 대로…… 나는 정도를 조절하는 데에 실패한다. 거짓말을 할 수 없고 말하기를 멈출 수도 없다. 그러니 엉망진창으로 살지 말아야겠지만, 턱없이 부족한 인간이라 군더더기 없는 삶을 꾸리기에 자꾸 실패한다. 인생에서 영구히 삭제하면 좋을 군더더기들을 무의식 상태로 전시하고 머리를 쥐어뜯다가 나의 글로 위로받았다는 사람들의 메시지를 받는다. 부끄러움을 부끄러움으로 덮는다.

이렇게 된 이상 활짝 펼쳐진 책 같은 사람으로 살아가는 수밖에 없다. 어디를 찔러도 스르르 보여주는. 처음 보는 이에게 못할 말이 없고 오래 본 사이라서 하는 말이 없는. 이해를 믿기에 오해를 두려워하지 않는. 보이지 않는 누군가가 옆에서 끝까지 완독해줄 것을 믿는.

하지만 남에게 이런 사람이 되기를 선뜻 권할 수는 없다. 이런 마음을 갖고 이런 자세로 살아갈 줄 알았다면 과연 글을 쓰며 살겠노라고 정했을까, 거기에 대해서는 나도 확신이 없기 때문에.

김규영씨는 아마 이 책을 주변 사람들에게 보여주고 웃을 것이다. 이 제목의 김규영이 본인이라고, 자신을 잘 아는 사람과 자신을 알려주고 싶은 사람에게 자랑할 것이다. 나아가서 자신의 이야기, 정말 책으로 펴내 마땅할 베스트셀러감의 이야기이면서도 아무에게나 읽힐 수 없던 소중한 이야기를 꺼낼지도 모른다.

나는 그 이야기가 김규영씨의 소중한 이들에게만 닿기를 바란다. 그들이 애정을 갖고 들어주기를, 기억하면 좋을 것을 오래 기억하고 잊으면 좋을 것을 빨리 잊으면서 김규영씨를 사랑하기를 바란다. 그런 사랑이 나의 친구 김규영씨의 인생에만큼은 허락되기를 기도한다.

3
월
30
일

시

기어코 난

  화가가 되지 못했네 수의사도 되지 못했고 연극배우도
부유한 젊은 사업가도 되지 못했다 사랑해서 절절 울었던
고양이의 주인도 되지 못했고 채식주의자도 웃긴 사람도
아빠를 따라 대통령을 욕하는 사람도 될 수 없었지

  당신은 무엇도 아닌 나를 정성껏 매만져 책상도 없는 방
천장에 붙여두었다 자기 전까지 눈뜨고 볼 수 있는 야광 스
티커였다 그건 내가 바라는 모습이 아니었지만 한번씩 상
상해본 신의 자세를 흉내내어 팔을 벌리고 말하기도 했다
"나의 사랑 내 어여쁜 자야 일어나서 함께 가자"*—아무 말
이나 해도 당신은 그걸 다 받아적고 외우고 기억했다 즐거
워했다 그럴수록 나는 매일 조금씩 더 커졌다

  끝내 방이 좁고 힘겨워져 더 견딜 수 없겠다고 판단했을
때 천장에서 내려와 문 밖으로 걸어나가니 세상은 한 번도

본 적 없는 우주처럼 컸다 그리고 미친 것처럼 밝았다 어둠
은 없었고 나는 두 번 다시 빛나지 않았다

---

*아가서 2장 10절.

3

월

31

일

시

고마웠어요. 우리 이제 더 좋은 날로 넘어가요.

간신히 묶은 리본 같은 3월을 함께해준 사람들에게!

사랑하는 훈련

새벽에

모두 잘 때 일어나 물을 마시러 가면서

알았지

나 발끝으로 꽤 높이 설 수 있구나

아무도 보아주지 않는 시간에

조용하게

크고 높아지는 기분이 있어

그게 좋아서

오래도록 읽고 썼다

발등이란 건 무수히 작은 뼈와 인대의 모임이니

괜찮다고

이렇게 해도 된다고
내 발을 차근차근 눌러밟은 사람이 있었는데

아프면서 따뜻했고
정말 괜찮아졌고
괴물처럼 유연히 휘어지는 발을 봐도 그럴 수 있구나
아니
근사하구나
이후의 내가 알게 되었어

덩굴식물처럼
잘 살고 싶어하는 사람들이 징그러운 나머지
몇 친구와는 연락을 끊기도 했지
어쨌거나 잘 살고 있으리라 믿는다
고민하지 않고
사람답게 사람들이 몰리는 쪽으로 달려가
이유를 찾았으리라고

여기는 분명하고 한산한 골목이야

원래는 더 한산했던 골목

담장도 나무도 없이 내 옛 연인과 보잘것없는 모닥불을
피우던 곳

그러나 몇 번이고 가게로 뒤덮이고 망하고 성황을 이루고
부지런히 밟히다 휴일을 맞은

오늘 말한다

나 여기 있어

여기를 좋아한다 여전히

멀리 자세히

보고 싶다

소리 나지 않게

발뒤꿈치를 들고

발목에 야트막한 빛이 드는 방향으로

가다가

너의 신혼집을 지나칠 수 있다면 좋겠어

현관에 어떤 종이 달려 있을까

어떤 소리가 날까

상상하는 것만으로도 나

살아 있는 기분으로

살 수 있었는데

언젠가 보러 가고 싶어

최대한 나중에

그리고 반드시

살아 있는 이유가 하나쯤 줄더라도

무섭지 않을 만큼

내가 높고

커져서

뒤늦게

많은 것을 들여다보게 되는 아침에

이듬해 봄

ⓒ 신이인 2024

초판 1쇄 발행 2024년 3월 1일
초판 2쇄 발행 2024년 4월 19일

지은이 신이인
펴낸이 김민정
책임편집 김동휘 **편집** 유성원 권현승
표지디자인 한혜진 **본문디자인** 최미영
저작권 박지영 형소진 최은진 서연주 오서영
마케팅 정민호 박치우 한민아 이민경 박진희 정유선 황승현
브랜딩 함유지 함근아 고보미 박민재 김희숙 박다솔 조다현 정승민 배진성
제작 강신은 김동욱 이순호
제작처 영신사

펴낸곳 (주)난다
출판등록 2016년 8월 25일 제406-2016-000108호
주소 10881 경기도 파주시 회동길 210
전자우편 nandatoogo@gmail.com **페이스북** @nandaisart **인스타그램** @nandaisart
문의전화 031-955-8875(편집) 031-955-2689(마케팅) 031-955-8855(팩스)

ISBN 979-11-91859-79-9 03810